覇者の戦塵1944

本土防空戦

前哨

谷 甲州

Koshu Tani

C★NOVELS

挿画　佐藤道明
地図　らいとすたっふ

覇者の戦塵１９４４　本土防空戦　前哨　目次

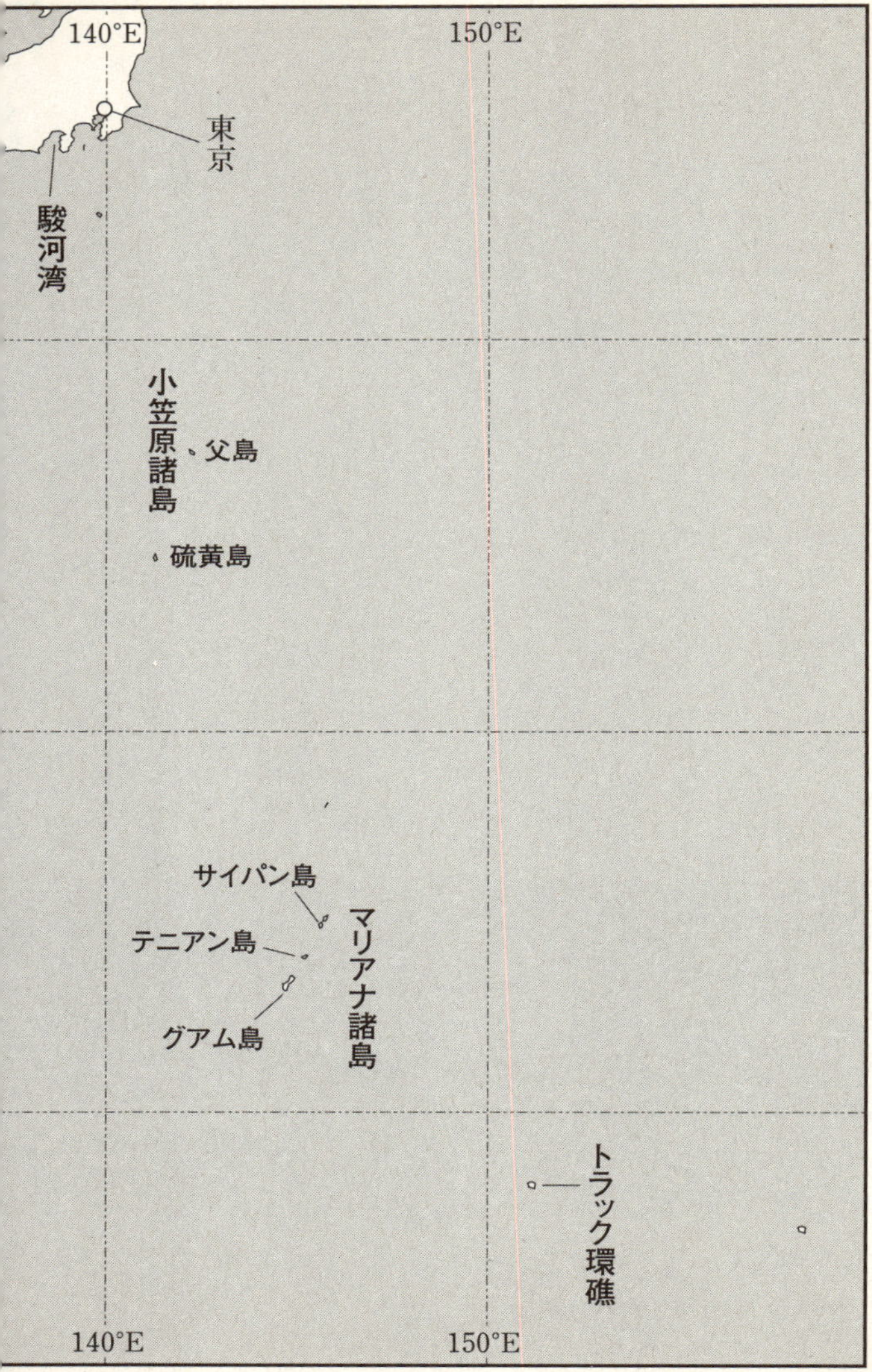
140°E
150°E
東京
駿河湾
小笠原諸島
父島
硫黄島
サイパン島
テニアン島
グアム島
マリアナ諸島
トラック環礁
140°E
150°E

北西部太平洋要図

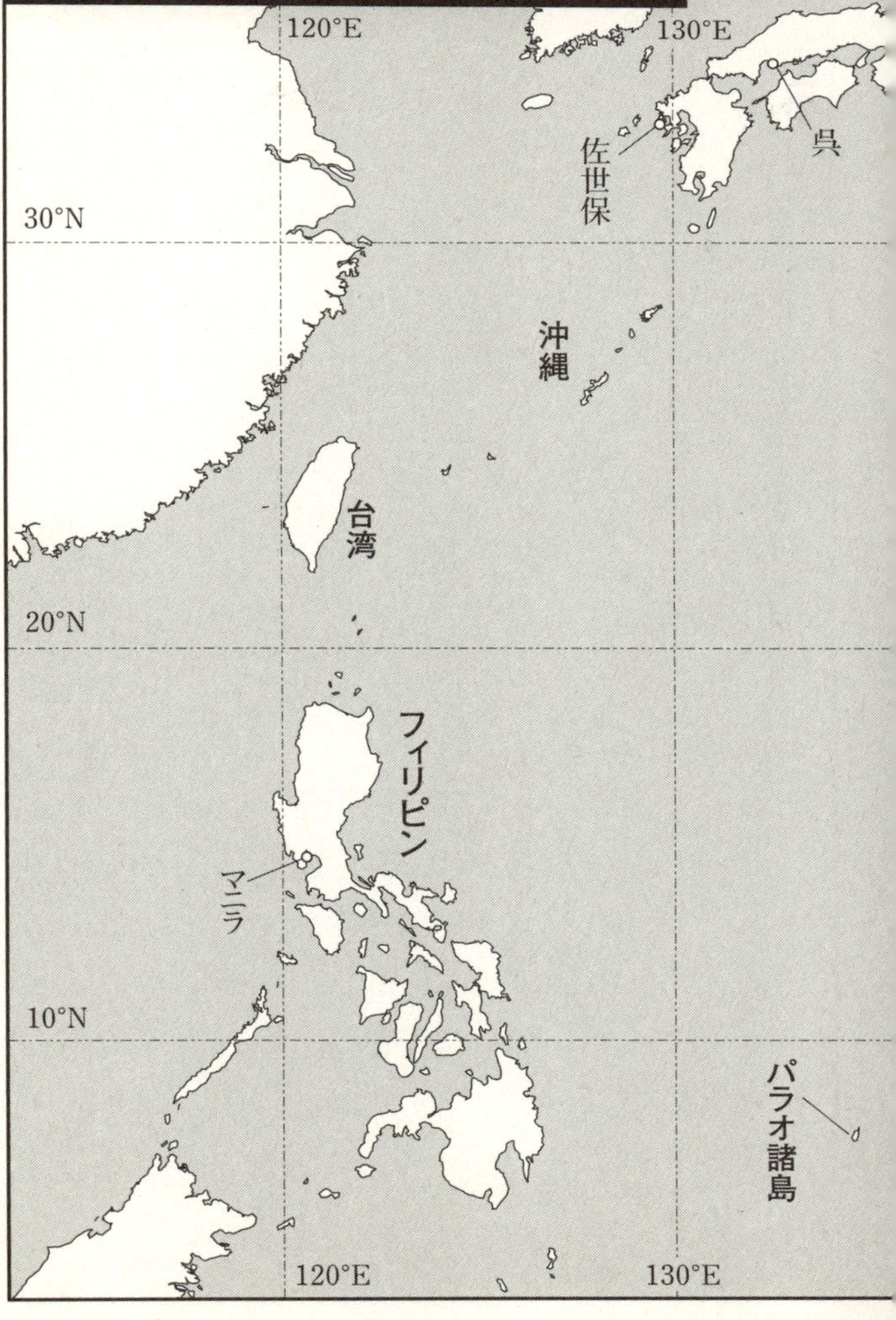

マリアナ諸島近海図

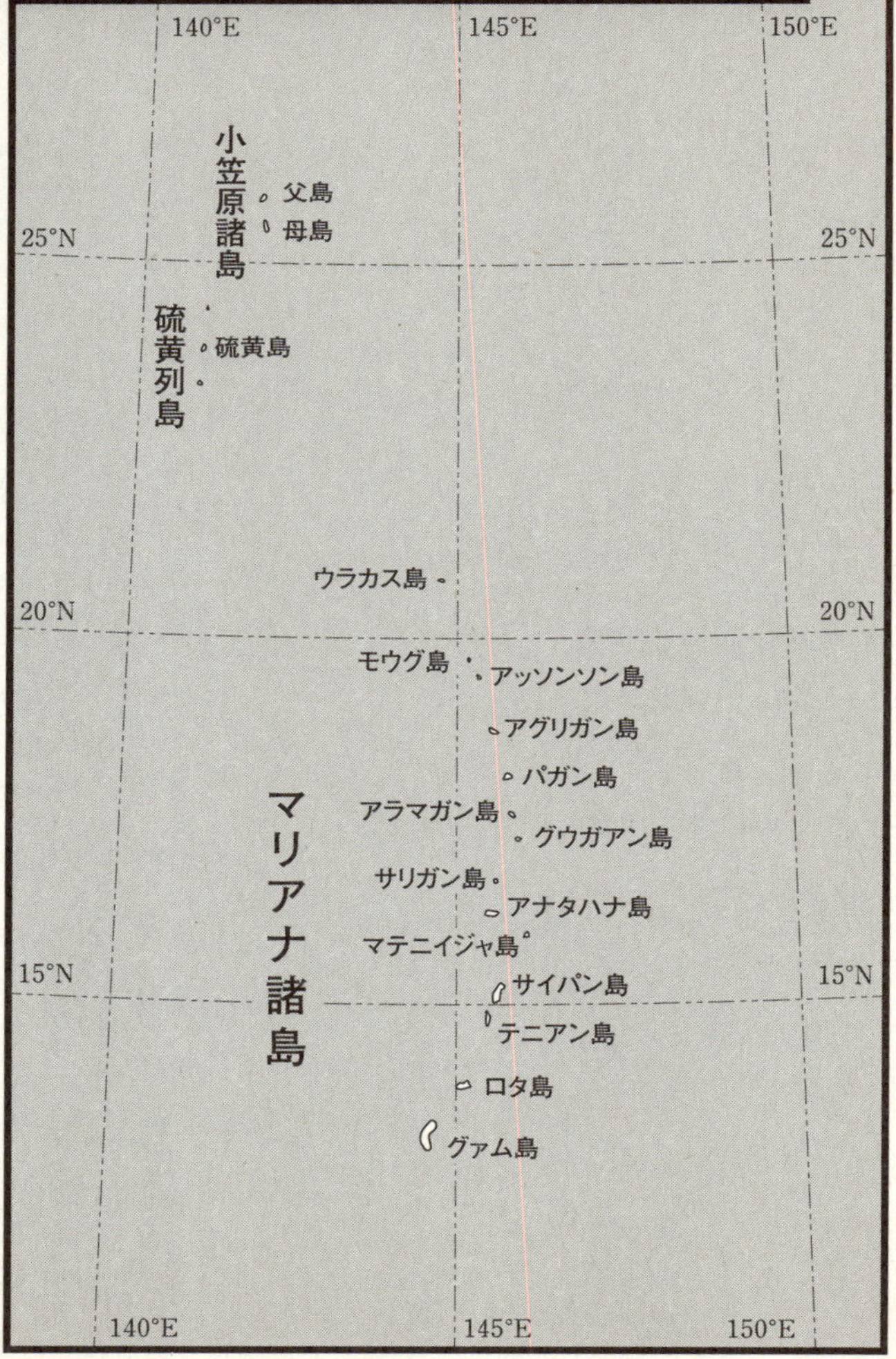
140°E
145°E
150°E
小笠原諸島
父島
母島
25°N
25°N
硫黄列島
硫黄島
ウラカス島
20°N
20°N
モウグ島
アッソンソン島
アグリガン島
パガン島
マリアナ諸島
アラマガン島
グウガアン島
サリガン島
アナタハナ島
マテニイジャ島
15°N
15°N
サイパン島
テニアン島
ロタ島
グァム島
140°E
145°E
150°E

覇者の戦塵１９４４　本土防空戦　前哨

序章　前哨　昭和一九年一二月

呼出符号《コールサイン》の更新に気づいたのは、夜明けの少し前だった。

日付がかわって最初の、大規模な敵信傍受になる。テニアンおよびグアムに進出した米陸軍航空隊が、発進前の通信試験を開始したらしい。数十機もの集団が、一斉にコールサインからはじまる電文を打電していた。

コールサインにつづく本文は短いもので、何かの略符号を思わせた。おそらく「発進準備よし」や「異状なし」の類だろう。敵信傍受に機能を特化させた大和田《おおわだ》通信隊では、このところ頻繁に同様の電文を傍受していた。

状況からして大規模な連続発進を前提にした出撃訓練が、くり返されているものと思われる。ただし実際の空襲につながることは少

なく、大部分の機体は巡航高度にも達することなく引き返しているようだ。

普段なら毎朝の恒例行事と考えて、手ばやく処理をすませるところだった。ところが今日は、思うように手が動かない。違和感が先にたって、簡単な略符号さえ読み解けなかった。受信簿に記載された通信文が、見慣れない文字列に変化している印象があった。

コールサインが更新されたのかと、大津《おおつ》予備中尉は思った。定期的な更新などではなかった。それよりも格段に大がかりで、徹底した暗号の改変が実施されたようだ。昨日までの手法が、まるで通用しなかった。

普段なら長文の暗号電でも、漠然とした意味は推測できた。解読をこころみるのではなく、発信時の状況を想像するのだ。暗号の解読とは別系統の手がかりを、利用するともいえる。有力な手がかりがあれば、暗号の解読にちかい成果がえられた。

それが通信諜報の基本といえるが、今日はそのような「読み」が使えない。コールサインや略符号はもとより、暗号の構造自体が変

化しているようだ。そのため文字列を眼で追っていくと、かるい眩暈《めまい》を感じた。

ただコールサインの更新や暗号の改変は、それほど珍しいことではなかった。ことに最近は、頻繁に暗号が一新されている。日本側の情報収集能力が向上したことに、米軍が危機感を持ったのかもしれない。

以前は手つかずだった高強度の暗号も、次第に解読率が向上しつつあった。戦況にあたえる影響も無視できなくなっていたが、事態を察した米軍が防諜対策に力を入れはじめた。以後は鼬《いたち》ごっこだった。解読率が向上すると暗号が改変される。そのくり返しだった。

ところが今回の暗号改変は、コールサインや略符号の定期的な更新にとどまらなかった。よくわからないが、暗号の構成自体が変化しているような印象を受けた。理由は明白だった。米軍はあらたな作戦を、手がけようとしている。

すでに一部の部隊は、行動を開始しているようだ。重爆撃機の集団も、例外ではなかった。通常は巡航高度に達したあと、最初の変

針点を通過した時点で二度めの報告が入る。この時点で入電があるのは、発進態勢に入っていた機体の一部にすぎなかった。

　あとの機体は離陸せず掩体《えんたい》に引き返すか、離陸しても攻撃針路に乗ることなく基地にもどると考えられる。おそらく燃料や弾薬が、充分に集積されていないのだろう。数十機もの四発重爆撃機群を一斉に出撃させたのでは、たちまち物資が底をつく。

　そのため一部の機体だけを、次の段階に進めたと考えられる。報告電を送信した機体は、硫黄《いおう》島やトラックなどを目標に飛行をつづける。ただし実際には、途中で引き返すことが多かった。逆探知によって攻撃目標を割りだしても、警報が外れることは珍しくない。

　ところが今日は、いつもと状況が違っていた。発進前の通信試験を傍受した段階で、殺気だった異様な空気が伝わってきた。電文の交錯や割りこみが多く、かなり混乱している様子がうかがえた。その上に二度めの送信は、発進前と同様の規模でおこなわれた。

　数十機もの重爆撃機集団が、そのまま攻撃針路に乗ったらしい。通常の訓練とは、緊迫感が違っていた。実戦を想定していることは、

傍受した敵信の端々からも感じられる。しかも暗号が、全面的に改変されていた。単なる偶然とは思えなかった。

はじまったのかと、大津予備中尉は思った。兆候は以前からあった。マリアナ諸島の周辺で、何かが起こりつつある。暗号の解読は停滞していたが、そんなときでも通信諜報は有効だった。通信量の増減や発信源の特定などから、米軍の意図を判定するのだ。

過去の事例を参照すれば、マリアナの動きが推測できる。分析の結果、大規模な部隊移動や物資の集積が継続していることが判明した。さらにテニアンを起点とする哨戒《しょうかい》態勢が、格段に強化された形跡があった。

実情が目撃されたわけではない。日本軍による航空偵察は不調で、泊地の明瞭な写真は撮影できずにいた。かといって、現地部隊からの情報にも期待できない。彩帆《サイパン》島の日本軍守備隊は健在だったが、米軍のめだった動きはいずれも島外で起きていた。

傍受された敵信を逆探知したところ、物資の集積や部隊移動はグアムを拠点にしていることがわかった。哨戒機の発進地はテニアン

に集中していたが、サイパンは米軍にとって重要な拠点とはみなされていないようだ。

　そのことは、現地の状況からもうかがえた。サイパンに米軍が上陸して、すでに三カ月余がすぎていた。日本軍守備隊は頑強に抵抗し、戦闘は膠着《こうちゃく》状態に陥っていた。戦闘が下火になったわけではない。陣地ひとつを奪いあう熾烈《しれつ》な戦闘が、間断なくつづいている。

　日本軍は島の北部一帯を確保して、米軍の占領地に砲撃を加えていた。このため米軍による飛行場の拡張工事は停滞し、積極的な利用にはほど遠い状態だった。米軍もサイパンにおける戦闘を、早期に終結させることを断念したようだ。

　戦闘の主力を精鋭の海兵隊から、陸軍部隊に交代させた形跡があった。おそらく米軍は次の上陸作戦にそなえて、海兵隊を引き抜いたのだろう。孤立した日本軍を制圧するのに、海兵隊を張りつけておく余裕はなかったと考えられる。

　かわって投入された陸軍部隊は、決して二線級の部隊ではない。充分な量の重火器や戦闘車両を投入しているのに、戦力は逆に低下

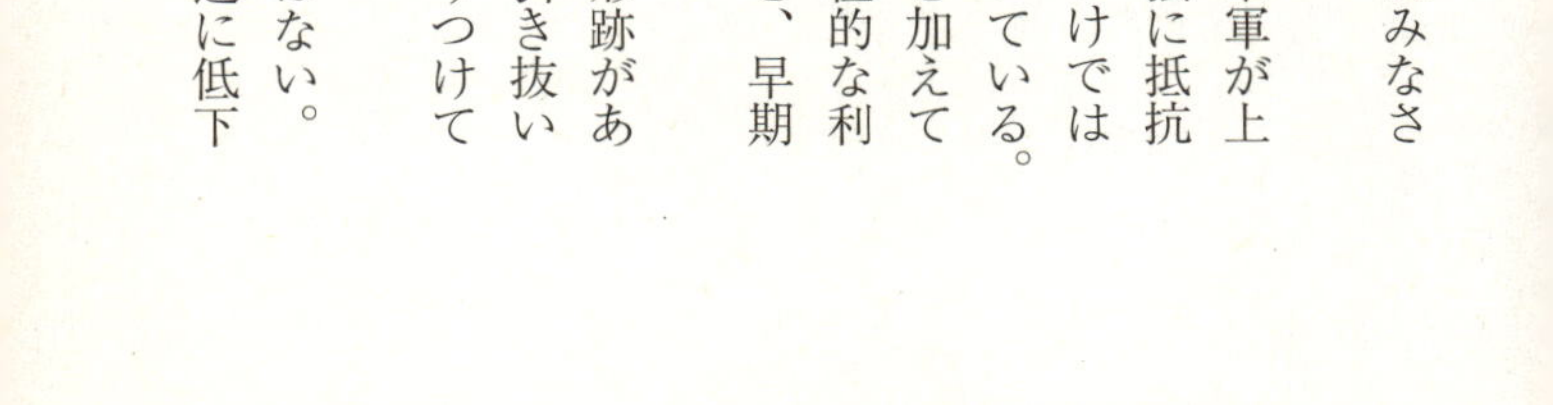

して一日あたりの進撃速度は落ちていた。ときには日本軍の反撃を受けて、戦線が押しもどされることもあった。

一方サイパンから引き抜かれた海兵隊は、休養と補充のあと次の上陸作戦にそなえているはずだ。部隊が抽出された時期に再編期間を加えると、グアムを拠点とする部隊移動に重なる。つまりサイパンで上陸作戦に加わった部隊が、次の作戦にも投入されると考えていい。

——それでは米軍が、次に上陸するのはどこか。

おそらく硫黄島だと、大津予備中尉は考えていた。マリアナ諸島の制圧で、米軍は日本本土空襲の拠点を入手した。だがマリアナから日本本土までは、あまりにも遠かった。米陸軍航空隊の新鋭重爆撃機B29であっても、爆撃行は困難ではないか。

迎撃によって損傷した機体の不時着地として、あるいは護衛戦闘機の出撃基地として硫黄島の占領がいそがれると思われる。日本本土から近く、上陸戦闘には多大な出血が予想される。それでも戦争の早期終結を望むのであれば、硫黄島の占領は避けて通れない。

中尉としては、他の可能性は考えられなかった。ただ海軍の上層部や陸軍の参謀本部は、別の考えを持っているようだ。ビスマーク海北部のアドミラルティ諸島や、フィリピン東方のパラオ諸島が有力な候補と考えているらしい。

だがこれは、現実を無視した主張といわざるをえない。フィリピン攻略の足がかりとなるパラオ諸島はともかく、アドミラルティ諸島を占領する価値があるとは思えなかった。実質的に無力化されたラバウルやトラックを、牽制する程度の意味しかないだろう。

大津予備中尉は、わずかに身震いした。

緊張感のせいばかりではなかった。昭和一九年が、暮れようとしていた。冬至からあまり間がないものだから、朝が遅く時間がすぎても明るくならなかった。夜明け前の冷えこみが、ことのほか厳しく感じられる。

あらためて遮光幕の隙間から、戸外の様子をうかがった。まだ闇は深く、曙光《しょこう》の兆候はない。傍受された航空無線の発信源は、赤道に近いものの時差は無視できる程度だった。したがって現地は、こ

こよりも深い闇に閉ざされているはずだ。

「はじまったようですね……」

声をかけられて、大津予備中尉はふり返った。おなじ班の木谷《こたに》兵曹だった。出勤したばかりのようだが、すでに状況を把握していた。その上で、中尉と同様の結論に達していた。それを受けて、中尉も「そのようです」と応じた。

多くの言葉は、必要なかった。米軍の攻撃目標が硫黄島であることは、木谷兵曹も察している。二人だけの小さな班だが、頼りになる存在だった。すぐに二度めの通信試験が開始された。巡航状態に入った機体から、次々に報告電が入ってくる。

木谷兵曹と手分けして、傍受記録を逆探知の結果と重ねあわせた。結果は予想を裏づけるものだった。針路は確定できないが、爆撃機の編隊は北上しつつある。二〇機前後の集団ふたつにわかれているのは、グアムおよびテニアンの双方から発進したせいだろう。

やはり硫黄島にくるのかと、大津予備中尉は思った。いまの段階で、本土を空襲するとは思えない。硫黄島は過去にもＢ２９による

空襲があったが、そのときは一〇機に満たない小規模なものだった。実質的には日本側の迎撃態勢を探ると同時に、陣地の建設状況を調査するのが目的だったのではないか。強行偵察にちかいが、今朝の出撃はその程度ではすまないはずだ。上陸作戦にともなう事前攻撃で、施設の破壊をねらっているのではないか。

「警報の発信を、具申しますか」

遠慮がちに木谷兵曹がたずねた。かすかな躊躇《ためら》いが感じられるのは、欺瞞《ぎまん》情報の可能性を捨てきれないからかもしれない。このところ米軍は、様々な形で欺瞞をしかけてくる。あらたな作戦の発動を思わせる通信異常までが、仕組まれた謀略の可能性があった。

迷っていたのは、わずかな時間だった。大津予備中尉は決断した。通信隊司令を動かして、軍令部に状況を報告させるのだ。ただし予想される攻撃目標は、小笠原諸島以北と考えていた。本土空襲の可能性を残したのは、万一の可能性を考慮したからだ。

空襲警報の発令によって、国民に危機感を持たせる狙いもある。ソ連領内を発進した米軍機の対日爆撃は、陸軍による沿海州の侵攻

を機に途絶えていた。それ以来、本格的な日本本土に対する空襲はおこなわれていない。

　だが米軍機による組織的な本土空襲は、現実的な脅威と考えられる。そのことを認識していれば、米軍による硫黄島の上陸にも説得力が生じるはずだった。ただし時間的な余裕はない。すでに戸外は、明るくなりかけていた。

　時刻を気にしながら、大津予備中尉は室内を見回した。先ほどまでは当直勤務の者ばかりだったが、時間がすぎるにつれて交代要員が姿をみせはじめた。海江田《かいえだ》司令も、席についていた。中尉は性急にいった。

「空襲警報の件を、司令に話してきます。それと……朝の定例会議で、米軍の動きについて報告します。お手数ですが、資料を用意していただけますか。一連の動きが米軍の欺瞞である可能性と、硫黄島への上陸についての根拠に質問が集中すると考えられます」

　本来なら大津予備中尉が、準備作業を主導するべきだった。だがいまは、その余裕がない。木谷兵曹に支援を依頼して、作業時間を

短縮するしかなかった。空襲警報に関連して、米軍による硫黄島上陸の可能性を伝えるつもりだった。

定例会議は判知部かぎりの小規模なものだが、気を抜くことは許されない。全力を投入しなければ、大津予備中尉の情勢判断が不採用になる可能性があった。通信隊の判知部は、海軍の組織でありながら特異な気風を有している。ほぼ全員が海軍士官だが、海軍兵学校の出身者は一人もいなかった。全員が娑婆の大学や、専門学校の出身者だった。

したがって、上級者であっても容赦しない。曖昧な報告をすると、たちまち切りこんでくる。部内の会議を無事に通過すると、その情報は軍令部の情勢検討会議で報告される。そして信憑性が高いと判定されれば、各地の艦隊司令部や関係機関に通達される。

つまり大津予備中尉の情勢判断が、海軍の各級司令部に伝えられる可能性があるのだ。しかも最近は海軍軍令部と陸軍参謀本部の間で、情報の共有が進展しているらしい。ということは大津予備中尉の情報が、全軍の戦略に影響をあたえる可能性があった。

責任の重大さに身の引き締まる思いがするが、気がかりな点もあった。米軍が次に来るのはアドミラルティ諸島だといい張った人物は、いまも参謀本部の要職にあるはずだ。大津予備中尉の情勢判断に、根拠のない横槍を入れてくるかもしれない。

厄介な存在だが、いまから心配しても意味がなかった。とにかく海江田司令に対する状況報告を、早急にすませなければならない。視線を感じたのは、その直後だった。かすかに微笑を浮かべて、木谷兵曹がいった。

「参謀本部の人事が、大幅に刷新されたようです。詳細はうかがい知れませんが、作戦課の主要な参謀は残らず更迭《こうてつ》された模様です。したがって我々の情勢判断を、以前よりも受け入れやすくなっていると考えてよさそうだ」

その言葉は、いかにも唐突な印象を受けた。それにもかかわらず、違和感はなかった。漠然とした予感があったからだ。おそらく先月に起きた政変の余波だろう。日本の現状を真摯に考えるのであれば、陸軍の大改造は避けて通れない。

第一章　地下陣地

1

偽装された入り口を通過した直後に、もう熱気が押しよせてきた。

一人がようやく通過できる程度の、狭い通路だった。ゆるやかな下り坂になって、闇の奥にのびている。すぐに入り口からの光が、届かなくなった。先ほどまで強い陽射しに炙られていた肌が、いまは地の底からわき出してくる熱気に焼かれている。

壕内《ごうない》からの熱気は、途切れることがなかった。おそらく通路自体が、壕内空気の排出路を兼ねているのだろう。さして強い気流ではないが、間断なく熱気が吹きすぎていく。ということは壕の奥では、さらに高温状態がつづいているのだろう。

陣内少佐の予想はあたった。足を踏みだすたびに熱気が強く、濃密になっていった。それなのに、汗が流れない。陣地のある硫黄島は自然の草木が少なく、良質の湧き水や井戸水には無縁だった。飲料水にも事欠く状態だから、油断するとたちまち脱水症状になる。

まるで地獄にむかって、落ちていくかのようだ。そんな印象を受けた。熱気ばかりではなかった。すぐに異臭が、耐えがたいものになった。地中から噴出する火山性ガスの刺激臭に加えて、雑多な臭気が入りまじっている。

無論、地下壕の換気には充分な配慮がされていた。地形を利用して自然の風をたくみに取り入れ、地下陣地の隅々まで外気が流入するよう工夫されている。それにもかかわらず異臭がするのは、火山性ガスのせいばかりではなかった。

閉ざされた地下空間は、将兵にとって生活の場でもあった。この壕にかぎっても、数百人規模の部隊が駐留しているはずだ。いくら換気を重視したところで、日々の暮らしから滲《にじ》みだす生活の澱《おり》は排除できない。

中規模程度のこの壕にも、濃密な生活臭が染みついていた。さらに深刻な水不足が、臭気を倍加させていた。洗濯はおろか体を拭うこともできない状況が、地下生活を開始して以来つづいている。

雨水と潮気の強い井戸水だけが頼りだから、多くの兵が消化器系の不調を訴えていた。そしてそれが、あらたな悪臭の原因になった。清掃と換気を心がけても、厠《かわや》からの悪臭が途切れることがなかった。

　地下陣地での生活が長期化するにつれて、あらたな原因が加わった。壕内に安置された戦病死者や、傷病兵の存在が無視できなくなっていた。まだ本格的な戦闘ははじまっていないのに、壕内には死臭や負傷者の放つ血膿の臭いがたちこめていた。

　そのような状況は、他の壕でも似たようなものらしい。守備隊の総兵力は二万人余というが、そのすべてが地下にひそんでいた。最初のうちは、これほど徹底していなかった。普段は地上の兵舎で生活し、空襲や艦砲射撃がはじまったときだけ壕内に避難していた。

　だが地下の陣地が完成に近づいたころから空襲は激化し、艦砲射撃が日常化した。火山島である硫黄島には、遮蔽物《しゃへいぶつ》となる木々は見当たらない。夜中に何度も起こされて避難するよりは、最初から壕内で寝起きした方がよかった。

　地下陣地の劣悪な環境に慣れることは決してないが、他に選択の余地はなかった。いまでは一人の例外もなく、過酷な地下生活をつづけている。安静にしていても息苦しさを感じるほどだが、昼間は地上に出ることができずにいた。

　激化する一方の空襲を避けるためだが、夜も安心はできなかった。夜陰に乗じて接近した米軍艦艇が、通り魔のように艦砲射撃を加えていくのだ。砲撃の前後にはかならず照明弾を打ちあげていくから、闇に紛れて煙草を吸うこともできなかった。

　陣内少佐は足ばやに通路を進んだ。案内役の兵が手にしたカンテラの光を目標に、先をいそいだ。この壕に足を踏みいれるのははじめてだが、不安は感じなかった。すでに感覚器官が、闇に適応しているようだ。とぎすまされた五感が、現在位置の把握に役立った。

狭い通路を下りきったところが、いくらか広い空間になっていた。倉庫として使われているらしく、天井まで木箱やドラム缶が積みあげられている。爆風よけの効果をねらっているのか、進路をさえぎる形で左右から交互に貯蔵物資の壁が突出していた。

おそらく遮風壁が爆風による被害を低下させる一方で、天井を支える構造材を兼ねていると考えられる。通常は壕の入り口ちかくで、通路が直角に折れ曲がっている。あるいは遮風壁が、入り口の外側に構築されていた。

砲爆撃による爆風を遮断するには、その方が効果が大きいからだ。しかも構造が単純で、作業工数も少なくてすむ。この壕が変則的な構造になっているのは、地形の制約があったからかもしれない。

あるいは入り口付近の土質が悪くて、通路を計画どおりに掘削できなかったかだ。そのことに興味をひかれて、陣内少佐は足をとめた。長居をする気はない。集積された物資を構造材として使うには、解決すべき問題がいくつかある。

それを確かめたくて、立ちどまっただけだ。ただ「使える」技術があれば、他の壕でも試してみるつもりだった。壕を補強する構造材は、慢性的に不足している。砲爆撃の激化で空き家になった建物や地上に残された兵舎は、例外なく解体されて再利用されていた。

そう考えて細部をみていったが、特に眼を引く技術は使われていないようだ。構造上の弱点となる接合部が、土嚢で補強されている程度だった。敵に攻めこまれたら、ここを拠点に徹底的な抵抗をつづけるのだろう。

それだけわかれば充分だった。陣内少佐は遮風壁をすり抜けて、倉庫の反対側に出た。ところがそこで、少佐は戸惑うことになった。案内役の兵が、姿を消していたのだ。倉庫の端で、通路が三本に枝分かれしていた。

二本は左右に折れ曲がり、残りの一本は直進している。そのうちのひとつに、兵は入りこんだらしい。足をとめた陣内少佐は、眼をこらして通路の奥を探った。倉庫には灯りが設置されておらず、手にしたカンテラだけが唯一の光源だった。

光束をしぼって通路の奥を照らしてみたが、どちらの方角にも人かげは見当たらない。光をさえぎっても、結果にかわりはなかった。通路が屈曲しているらしく、兵のものらしい光源の気配も感じられない。

それでも通路の構造を、見通すことはできた。左右にのびる二本の通路は、ほぼ水平に掘削されている。ところが中央の通路だけは、登り勾配になっていた。ここまで下り勾配がつづいていたことを考えると、いかにも不自然な印象をうけた。

気になって掘削面を子細に検分した。陣内少佐は眉をよせた。工事が終わってから、いくらも時間がすぎていないようだ。おそらく開通から、数日程度しかすぎていないのではないか。十字鍬《くわ》を打ちこんだ跡が、生々しく残っている。

それはいいのだが、壁面の仕上げが雑なのが気になった。構造材の数も、規格を満たしていないようだ。陣内少佐にとっては、不可解な状況といわざるをえない。一体なぜ、こんなことが起きたのか。

この地下陣地は、統一された規格にしたがって設計されていた。事前に周到な地質調査をおこなって、構造上の問題が生じないように規格を決めたのだ。事前調査に着手する以前に、基本設計を完成させていた。

したがって通路の断面形状や構造材の数は、地質によって自動的に決まってくる。ただし資材不足が原因で、規格どおりに施工できないことも多い。ところが正面の通路は、規格からの逸脱が限度をこえていた。最初から無視しているかのような、危うさを感じる。

――落盤事故が発生したのは、この通路の先なのか。

直感だった。地下陣地の崩落事故は、珍しいことではなかった。規格どおりに施工していても、構造上の無理が生じて崩壊が頻発する。設計が間違っているのではなかった。構造材の不足が、限度をこえたわけでもない。

予想をこえた激しい砲爆撃で、地下ふかく構築された壕にも振動が伝わったと考えられる。正面の通路自体に崩落の形跡はないものの、それにつづく地下構造物で事故が発生した可能性は高い。

そう結論を出したときには、足を踏みだしていた。陣内少佐の判断は正しかった。いくらも歩かないうちに、通路が大きく屈曲した。まわり込んだところで、かすかな淡い光が視野に入った。先行した兵が手にしたカンテラらしい。

予想どおりこの通路の先で、落盤は起きたようだ。通路自体に被害はなかったが、流入した土砂でなかば以上が埋められていた。ただ、事故のあとに人が通過した形跡はあった。天井との間に、わずかな隙間が開いている。

開いた隙間は小さなもので、通りぬけるには腹這いの姿勢を強いられそうだ。しかも崩落は、地表までおよんでいた。かすかな外気が、頰をなでていく。隙間から射しこむ光にも、自然光の柔らかさが感じられた。

先行した兵は、すでに隙間を通りぬけていた。少佐の気配に気づいたらしく、隙間に差しこんだカンテラを上下にふっている。少佐も応じた。そして隙間に体を押しこんだ。予想どおり通過は容易ではなかった。油断すると、足場が崩れ落ちそうになる。

身をよじるようにして、なんとか隙間をすり抜けた。抜けだしたところが、広い空間になっていた。掘削作業の途中で崩落が起きたらしく、床面は大量の土砂で埋められていた。兵に問いただしたところ、事故に巻きこまれた者はいなかったようだ。

それ以前から小規模な崩落がくり返されて、危険な状態だったらしい。やむをえず作業を中断した矢先に、本格的な落盤が起きたといっている。人的な被害はなかったが、搬入されたばかりの迫撃砲と弾薬が埋没したらしい。

放置することは、できなかった。兵器は過酷な条件下でも故障しない頑丈さと、精密機械のような繊細さをあわせ持っている。掘り起こすのが遅れると、兵器の価値が失われかねなかった。無論、現場の担当者は責任を問われる。

兵器の亡失は、重大な過失になるからだ。作業を手がけた兵ばかりではなく、上官にも累はおよぶ。当然、事故の直後から回収がこころみられた。ところが土砂を排除しようとすると、あらたな崩落を誘って手がつけられなかったのではないか。

それで状況は把握できた。だが、肝心なところがわからない。こんなところに、誰が陣地の構築を命じたのか。少なくとも基本計画では、この周辺に迫撃砲陣地は存在しなかった。しかも規格や仕様が、正規の基準から逸脱していた。

2

落盤の事実が伝えられたのは、飛行場の修復作業が一段落したときだった。

硫黄島には建設中のものをふくめて、三個所に飛行場があった。午前中の空襲で攻撃目標とされたのは、滑走路と周辺の付帯施設のようだ。飛来したのはＢ２９とおぼしき四発重爆の集団で、少なくとも三〇機が大量の爆弾をばらまいていった。

無論、日本側もそのような事態を予想していた。Ｂ２９の投入は過去に例がなかったが、陸軍機による空爆は日常化していた。現在では旧型機に分類されるＢ２４やＢ１７は、少数機ながら毎日のように空襲を加えていった。

Ｂ２９のマリアナ諸島進出も伝えられていたから、いずれ比較にならない規模の空襲にさらされるのではないか。そう考えていた矢先に、島の電波警戒機が米軍機の集団をとらえた。前後して海軍筋の情報源から、警報が伝えられた。マリアナ諸島を発進した四〇機程度の重爆集団が、小笠原ないし日本本土を目指して北上中であるという。予想された事態だったが、衝撃は大きかった。硫黄島が攻撃目標になるのはともかく、日本本土にむかう可能性もあるらしい。

現実的に考えて、北上中の編隊はＢ２９と考えられる。航続距離からして、マリアナから日本本土を攻撃できるのは、Ｂ２９だけだ。

見過ごすことは、できなかった。米軍の意図は不明だが、現地軍としては自衛戦闘に徹するしかない。発進したＢ２９の集団が、残らず硫黄島に来襲するものとして対応するのだ。陣内少佐の指揮する飛行場設定隊も、爆撃にそなえて非常態勢に入った。

この島の建設重機械は設定隊が一元的に管理していたから、被害の復旧は陣内少佐が主導することになる。手慣れた作業とはいえ、気を抜くことはできなかった。迎撃や空中避退で離陸した日本軍機が、着陸する前に作業を完了しなければならない。

Ｂ２９は爆弾の搭載量が多く、滑走路にはかなりの被害が生じると予想された。ところが結果は、拍子抜けするものだった。少なくとも三〇機が飛行場を爆撃したにもかかわらず、被害は軽微で修復作業は呆気なく終了した。

おそらく米軍の搭乗員は、いずれも練度が低く実戦に慣れていなかったのだろう。そのため爆撃の成功よりも、生存性を重視していたのではないか。迎撃戦闘が困難で高射砲の届かない高々度を、高速で航過しながら無造作に爆弾を投下していった。

そのせいで命中率は悪かったものの、日本軍機による迎撃も不調に終わった。中高度に断雲が点在しているものだから、見当違いの場所に落ちた爆弾も多かった。なかには陸地を外れて、海面に水飛沫をあげただけの重爆もあった。

燃料と爆弾の無駄づかいとしか思えないが、いまは戦果よりも練度の向上を重視しているのかもしれない。実戦における生還率を高く維持するには、必要な手順なのだろう。マリアナ諸島の上陸戦闘時には、支援のために飛来したB29が、何機か落とされていた。

そのことを考えれば、合理的な判断といえる。ただし贅沢な運用という印象に、かわりはなかった。滑走路の周辺に開いた大穴が、戦果のすべてなのだ。迎撃側にとっては、建設工事の邪魔をされたようなものだ。

空襲の前に設定隊の作業員と機材を、島内の各所に分散配置しておいたのだ。米軍機が引きあげたら、遅滞なく復旧作業を開始するためだ。爆撃によって移動が困難になることを予想したのだが、無駄足に終わったようだ。

出動させた作業班を早急に復帰させて、本来の工事に専念させる必要があった。何ごともなければ、あと一週間で第三飛行場は完成する。陣内少佐の変則的な勤務も、それで終了するはずだった。

硫黄島における飛行場の建設工事は、当初計画では海軍の設営大隊が担当することになっていた。既設の飛行場は海軍の設営隊が建設し、海軍航空隊が運用していた。あらたに建設される第三飛行場も、海軍機の使用を前提に設計されていた。

ところが工事が開始されて間もなく、第三飛行場は陸軍の専用施設にかわった。参謀本部の

B29

防衛計画が、大幅に見直されたのが原因らしい。ただし東京で何が起きているのか、具体的なことはわからない。

現地軍将兵の生死にかかわる大問題が、戦場から遠く離れた参謀本部で決められるのだ。無論そのこと自体は不自然ではない。軍隊の持つ非合理性と考えれば、納得することができた。問題は現地の状況を無視して、絵空事のような方針を押しつけてくることにある。

飛行場の工事にかかわる方針の変化にも、そんな強引さが見え隠れしていた。陣内少佐が硫黄島に上陸したのは、三カ月あまり前のことだ。長くとどまる予定はなく、単なる通過点と考えていた。まして陸海軍の建設部隊を、統合指揮するとは思いもよらなかった。

そんな状況だから、当初は硫黄島の知識など皆無に近かった。東京の参謀本部が何を考えているのか、知る機会もなかった。興味もないから、積極的に首を突っこむ気もない。関わりあいになると、ろくなことにならないという予感だけはあった。

少佐としては身をひそめるようにして、輸送機の到着を待つしかない。ところが予定の時刻になっても、輸送機はあらわれなかった。何があったのか見当もつかないが、嫌な予感だけはあった。このまま島にとめおかれて、厄介な仕事を押しつけられるのではないか。

こんなことなら、輸送船を下りなければよかったと切実に思った。だが、もう手遅れだった。マリアナ諸島からの移動に利用した輸送船は、すでに硫黄島を離れていた。北に二五〇キロ離れた父島を経由して、内地にもどる予定になっていた。

もしも下船しなければ、数日で内地に帰着できたのだ。移動時間を少しでも短縮するために、硫黄島と本土を結ぶ輸送機に乗り継ごうとしたのが裏目にでたようだ。そして情報ひとつ入らないまま、その日は暮れた。

翌日になっても、状況は変化しなかった。この時点で少佐はまだ楽観していた。機体や発動機の不具合が原因なら、一日か二日の遅延で輸送機は飛来する。そう考えて待機をつづけたが、結果はおなじだった。

当時はマリアナ諸島の米軍航空戦力は充実しておらず、空母機動部隊が行動しているとの情報もなかった。したがって米軍機に遭遇して、撃墜された可能性はない。かといって、悪天候に巻きこまれた形跡もなかった。いったい輸送機は、何処に消えたのか。

それなら自分で調べるしかない――そう考えたのは、数日が過ぎたころだった。すでに輸送船は、本土の港に到着しているはずだ。それにもかかわらず、国内からの連絡便は飛来しなかった。便乗を予定していた輸送機はもとより、その次の便も到着していない。

さすがに不審を感じて、海軍航空隊の司令部に乗りこんだ。国内との連絡便は、第二七航空戦隊が担当していた。陸軍機は長距離の洋上飛行に不安があるため関与しておらず、運航に口出しすることもない。

だから戦隊司令部で問いただせば、疑問はすべて氷解するはずだった。ところが時間がすぎても、肝心なことが一向にわからない。かといって、事実を隠しているという印象はなかった。

むしろ公然と口にするのを、躊躇っているように感じた。

応対した海軍の中尉は、かなり困惑していた。丁寧な受け答えに終始したものの、話がかみ合わないことに苛立ちをつのらせていた。そして要領をえないやりとりのあと、我慢しきれなくなったらしく中尉はいい放った。

「連絡便を差しとめたのは、陸軍さんだと聞いていますが」と。

予想外の反応に、陣内少佐は戸惑っていた。それでも事態の裏には、複雑な事情があることがうかがえた。しかし海軍を相手に押し問答をつづけても、進展は期待できない。真相を知るには、陸軍に探りを入れる必要がありそうだ。

不用意に踏みこむのは危険な領域だった。かといって、知らずにすませる気はない。深入りをしないよう注意しながら、そろそろと核心に近づいていった。状況は複雑怪奇だが、陣内少佐は楽観していた。かなり昔のことになるが、諜報活動の経験もあった。

そのための手順も、熟知している。原則は単純なものだ。知りたい情報があれば、集積度の高い情報源を探せばいい。情報の供給量は、その集積度に比例する。あとは勘だった。ここぞと思うところに、探りを入れてみた。手ごたえは充分にあった。

それまで不明瞭だった視野が、急速に開けていくのが感じられた。その一方で、漠然とした不安もあった。触れてはならない禁忌に、否応なく近づきつつあるらしい。そして唐突に、疑問のすべてが解けた。予感は的中した。陣内少佐は嘆息した。

――また、各務大佐か。

不安の正体は、これだったのかと納得した。予想どおりに事態が進展しすぎて、既視感さえあった。過去に何度もくり返された愚行が、今度は硫黄島ではじまろうとしている。参謀本部の権威を背景に、各務大佐は現地軍の方針に横槍を入れるつもりのようだ。

事態を把握した陣内少佐は啞然とした。これは独断専行でさえなかった。大佐は参謀本部の方針を充分に認識した上で、それに反する行動をとろうとしていた。明確な抗命であり、発覚すれば重罪はまぬがれなかった。

独断専行は本質的に現地軍の将兵が実施するもので、事後に正当性が審査されるものの行為自体は合法だった。敵中に孤立して上級司令部との連絡が断たれたり、状況の急変に即応しなければ戦機を逸するときにかぎり選択できる。たとえ一兵卒であっても、正当な事由さえあれば命令によらず軍を動かせる。ところが各務大佐の行為は、常軌を逸した違法なものだった。個人的な意向を参謀本部の方針といつわった上で、現地軍――小笠原兵団を意のままに動かそうとした。

さらに目付役を送りこんで、指示を徹底させることまで考えていたようだ。無論、目付役にすべてを託すわけではない。各務大佐自身が現地に乗りこんで、硫黄島防衛の方針変更を伝える意向だったらしい。

だが大佐は参謀本部の作戦課員だから、現地に長居はできなかった。あとのことは目付役にまかせて、早急に引きあげる計画だったという。一行は海軍の輸送機を利用して、硫黄島にむかおうとした。

　陣内少佐が搭乗を予定していたのは、その輸送機の折り返し便だった。いくら待っても飛来しなかったのは、事態に気づいた何ものかが飛行を差しとめたからだ。そして事実関係は闇に葬られ、なかったことにされた。

3

　それが、三カ月あまり前のことだ。

　かなり日がすぎてから連絡便は再開されたが、各務大佐が姿をみせることはなかった。その後の政変で東條《とうじょう》内閣は瓦解し、参謀本部の人事は根本的に見直された。陸軍を牛耳っていた旧勢力の参謀は多くが異動になり、あるいは定限年齢を待たずに現役をしりぞいた。

　人事の刷新は、慎重かつ巧妙におこなわれた。あとで判明した事実を総合すると、あきらかにクーデターや内戦を回避するための方策だった。旧勢力による武力行使を、極度に警戒していたのがわかる。

　陸軍中央を追われた参謀の落ち着き先は、本土から遠く離れた軍の司令部が多かった。一個所に複数の人員が配属されることはなく、情報は遮断されていたようだ。要するに、体のいい島流しといえる。

　各務大佐は旧勢力の中枢をなす人物だったから、真っ先に排除されたものと思われる。輸送機が飛ばなかった経緯は不明だが、危険を感じた各務大佐自身が飛行中止を決めた可能性もある。いずれにしても連絡便の再開時には、各務大佐は排除されていたはずだ。

一件落着というところだが、陣内少佐は硫黄島から離れられずにいた。各務大佐は目付役に、大きな権限を持たせていたらしい。小笠原兵団の参謀だけでは不充分と考えたのか、新設される陸軍建設部隊の隊長を兼任する予定だったと聞いている。

第三飛行場の建設が陸軍に移管されたのは、各務大佐の意向によるものだろう。専用飛行場を持つ陸軍航空隊の投入によって、戦局を打開しようとしたのかもしれない。それが大佐の異動で、実現しなかった。

しかも手違いがあったらしく、硫黄島には工事のための部隊が存在しない状態になっていた。海軍の飛行場設営隊は、すでに硫黄島を去っていた。陣内少佐が便乗した輸送船を利用して、機材と人員の大部分を父島に移したらしい。

残っているのは、飛行場の保守管理に必要な最小限の人員だった。建設重機はなく、人員の大半は雇用された土工だった。これでは第三飛行場の完成どころか、空襲のたびにくり返される修復作業さえ困難だった。

各務大佐は具体的なことを、何も考えていなかった節がある。新設される建設部隊は実態がないまま、目付役の隊長に一任する気だったのではないか。その隊長も、混乱で来島が困難になったようだ。建設部隊自体が、名ばかりで終わりそうな予感があった。

硫黄島の防御に穴が生じることになるが、知ったことではなかった。関わりあいになるのを避けて、便乗が可能な連絡便を待つしかない。ところがそう考えていた矢先に、小笠原兵団の築城参謀に呼びだされた。

嫌な予感がしたが、無視することはできない。兵団司令部に出頭したら、参謀は当惑気味にたずねた。「建設部隊の指揮官代理として派遣される予定の設定隊長というのは、少佐のことなのか」と。

驚きのあまり、言葉を返すことができなかった。参謀によれば陣内少佐は、長期出張のあつかいで硫黄島に赴任するはずだという。ところが少佐自身は、そんな話など聞いていない。できるかぎり早く本土に帰着して、次の任地について命令を受領する予定だった。

すると各務大佐の硫黄島来訪が中止になった時点で、新任の参謀本部要員は建設部隊の人事を決めたことになる。単に手まわしがいいのではなく、各務大佐の動きを封じるためだろう。新任の要員は、完璧な手順で人事の刷新を果たしたようだ。

よほど切れ者の参謀だと思われるが、それが可能な人物は参謀本部にも多くない。陣内少佐の知る範囲では、秋津大佐以外に考えられなかった。以前は参謀本部で兵站を担当していたが、各務大佐らの圧力を受けて現地軍を転々としていた時期もあった。

秋津大佐が参謀本部を掌握したのであれば、状況の変化が期待できた。これまで各務大佐の横槍が原因で、危機的な状況に追いこまれた例は少なくなかった。陸路からのポートモレスビー攻略や、ソロモン諸島ニュージョージア島への侵攻などに関与していた。

いずれも現地軍が難色を示していたのを、参謀本部の各務大佐が強引に実行させた。結果は惨憺《さんたん》たるものだった。大きな損害を出して日本軍は退却し、戦線は崩壊の危機にさらされた。最悪の事態を回避できたのは、秋津大佐の処置が適切だったからだ。

そのせいで当事者である各務大佐が、責任をとることはなかった。参謀本部の作戦課員であっても、現地軍に作戦の実行を命令する権限はない。したがって責任を負うのは、現地軍の指揮官ということになる。

この状況を利用して、各務大佐は巧妙に立ちまわった。形の上では現地軍が独断で行動を起こしたことになっているから、大佐の身に追及がおよぶことはない。そして処罰をまぬがれた各務大佐は、懲りずにおなじことをくり返す。

各務大佐に対する反発は大きかったが、いずれも表沙汰にはならず怨嗟の声は無視された。皮肉なことに秋津大佐の後始末が、火消しとして作用したようだ。統帥権を楯に参謀本部の暗部はひた隠しにされ、真相が外部に漏れることはなかった。

しかも責任の所在が曖昧なため、参謀本部の自浄作用には期待できなかった。不用意に各務大佐の責任を追及すると、行動を看過した上官も罪を問われるからだ。さらに現実的で無理のない作戦指導よりも、積極的な攻勢を評価する風潮がこれに加わった。

最初のうちは果敢に敵を攻めれば、結果がともなわなくても評価するという単純なものだった。それが次第に変化して、消極的な作戦指導は無意味と考えられるようになった。消耗を低くおさえて現状維持に成功しても、手柄にはならないのだ。

たとえ大損害を出して戦線が崩壊しても、敵陣ふかく斬りこんでいれば許された。結果よりも敢闘精神を重視したせいだが、この基準はあきらかに現実を無視している。各務大佐は我が身を傷つけることなく、現地部隊を恣意的に動かして責任を押しつけていた。

参謀本部の構造的な欠陥といえるが、これまで見直されることはなかった。一部参謀の暴走によって生じた損害を、秋津大佐をはじめ他の要員や現地部隊が補っていたからだ。その意味では組織として機能していたといえるが、健全な状態とはいいがたい。

陣内少佐自身が硫黄島で立ち往生しているのも、元をただせば各務大佐の横槍が原因だった。本来はマリアナ諸島の防備を強化するために用意された機資材を、各務大佐が独断でアドミラルティ諸島の工事に流用したのが発端だった。

その辻褄《つじつま》あわせのために、陣内少佐は員数外の重機械をかき集めてサイパンに上陸した。ようやくサイパンの工事に目処をつけたところで、できるだけ早く日本にもどるよう連絡を受けた。ところが硫黄島まできたところで、それ以上の移動が困難になった。

押しつけられた仕事は、今度も各務大佐の尻ぬぐいだった。機材もろくにない状態で、第三飛行場を完成させなければならない。あわせて陸軍部隊が主体となって進展している地下壕の建設を、支援することが求められた。

それからの三カ月間は、予想をはるかにこえた激務がつづいた。大隊規模の飛行場設定隊を、たった一人で編成した上で運用しなければならなかった。多忙をきわめるどころではない。死にものぐるいで問題を片づけなければ、たちまち工事が停滞してしまう。

最優先で処理すべきなのは、管理要員の編成だった。その次に、建設用重機械の調達があった。本土から送らせていたのでは間にあわない。島内をくまなく歩いて、現在は使われていない放置機材をかき集めた。

雨ざらしになっていた蒸気機関トラクタや、錆だらけの状態で倉庫に死蔵されていた削岩機も見逃さなかった。無論それだけでは、最小限の必要量さえ確保できない。小笠原諸島や近隣の島に輸送機で乗りこんで、要員と重機を強奪同然に入手した。

砲塔を取りはずした戦車の車体も、積極的に活用した。装甲の薄い旧型の戦車は、砲塔だけをトーチカに据える方針だった。米軍のＭ４シャーマン中戦車が相手では、機動戦に持ちこんでも勝ち目がないことがわかっていたからだ。

現在も搬入がつづいている新型の三式中戦車以外は、車体だけの状態で放置されていた。これに陣内少佐は眼をつけた。排土板の工作だけが問題だが、それさえ解決すればブルドーザを自作することは可能だった。

場合によっては回収された蒸気機関トラクタから、使える部品をはずして組みこめばよかった。排土板が用意できなければ、荷台かリアカーを取りつけて土砂運搬に使うこともできる。戦車隊の隊長は不同意の態度を崩さなかったが、強引に押し切った。

それでようやく、建設部隊としての格好はついた。ただ、作業の段取りができる人夫頭が足りなかった。海軍に雇用された土工のうち、使えそうな若い衆は何人かいた。しかし海軍は目端のきく土工を中核に、既設飛行場の保守をまかせるつもりらしい。

したがって土工を手放すはずがないのだが、構ってはいられなかった。硫黄島に残留している設営大隊に、正規の軍人はほとんどいない。兵曹長が指揮する数人程度の部隊が、土工の集団を管理しているだけだ。

人夫頭が足りなければ、自分たちで何とかするだろう。それに山積された仕事をこなすには、労働力を一元管理する方が効率よく作業できる。普段は第三飛行場の建設に陸海軍が全力を投入し、空襲で滑走路が破壊されれば陸軍の保有する建設重機械で修復するのだ。

その上で陸軍の工兵大隊を中核に編成された陣地構築班を、必要に応じて支援すればよかった。寄せ集めの機材とはいえ、陣内少佐の用意した建設機械は大規模な工事では威力を発揮する。地下陣地の構築に適した重機はないものの、工法によっては応用がきく。

かなり強引な手を使ったが、陣内少佐は徐々に実績を重ねてきた。三カ月あまりがすぎた現在では、問題が生じると真っ先に呼びだされるまでになった。故障がちな旧型建設機械であっても、投入すれば作業効率が格段にあがることが理解されたのだ。

露出した肌に風を感じて、陣内少佐は頭上をみあげた。

崩落した天井の一部に穴が開いている。その先は、もう地表だった。外の地形は読みとれないが、擂鉢《すりばち》山の北麓斜面あたりだと見当をつけた。天井に生じた穴は、それほど大きなものではなかった。

ただ外気と自然光が入りこんでくるものだから、屋外にいるかのような印象を受けた。熱気は滞留しているものの、流入する外気のせいで作業環境は悪くない。だが修復作業を地下に限定しておこなうのは、あまり現実的とはいえなかった。

二次的な落盤の危険性を考えれば、作業は地表からに限定するべきだった。そうすれば、作業にともなって発生する土砂の処理も容易だった。陣内少佐はすばやく作業の段取りを考えた。落盤事故があったのは、いまから三時間ほど前のことらしい。

島の南端ちかくだから、海軍部隊と海兵隊が駐留する地区になる。直前までB29による空襲がつづいていたから、落盤の原因は爆撃による地盤のゆるみと考えられた。一時はそれで納得しかけたが、よく考えると辻褄があわない点が多すぎた。

今朝の爆撃は、島の中央部に集中していた。二群にわかれて来襲した四発の重爆撃機が、第一および第二飛行場を爆撃していったらしい。ところが少佐のいる落盤現場の周辺には、一発の爆弾も投下されなかった。

それなのに、この場所で天井が崩落した。爆撃の直後に少佐自身が確認したかぎりでは、攻撃目標とされる飛行場周辺の壕は被害を受けていなかった。いったい何故、こんなことが起きたのか。気になって出かけてきたのだが、現地をみたことで見当がついた。

単純なことだ。落盤のあった空洞と、そこにいたる通路は設計基準を無視していた。本来なら、もっと深い位置に壕は構築されるはずだった。そうすることで、爆撃にもたえられる頑丈な地下構造物になるのだ。

ところがこの壕は基準を満たしておらず、したがって爆撃に対する抗堪性は不充分だった。しかも設計にはない位置に、銃砲座を構築しようとしている。いったい誰が、こんな壕を掘削したのか。

人の気配を感じたのは、その直後だった。陣内少佐はとっさに動きをとめた。同行した兵を手で制して、暗がりに身を隠した。そして天井の穴に眼をむけた。何故そんな行動をとったのか、自分でもわからない。本能が危険を察知していたのかもしれなかった。

すぐに複数の人かげが、穴の縁にあらわれた。外から落盤の現場を視察にきたらしく、修復の手順について話している。最初はそう思った。

だが、それにしては様子がおかしかった。一人が居丈高に、他のものを叱責しているのだ。

しかも反論を一切ゆるさず、執拗に事故の責任を追及している。聞きとれない言葉も多いが、その人物の悪意だけは伝わってきた。着任までに完成するよう念を押したのに、この体たらくは何ごとかと激昂している。

品性下劣で、理不尽な言葉だった。しかも相手の反論を封じておいて、獰猛《どうもう》としかいえない罵声を浴びせている。論理的な思考能力が、欠落した人物のようだ。ただし陣内少佐には、心あたりがあった。同様の反応をみせる人物が、一人だけいる。

陣内少佐は眉をよせた。容易には信じられない事実だった。だが間違いではなかった。光を背負っているせいで顔は暗く沈んでいるが、見間違いではありえない。そこにいるのは各務大佐だった。どうやら参謀本部を追われて、硫黄島守備隊に配属されたようだ。

第二章　黒尾根中隊

1

間際になって、発射は中止された。

黒尾根《くろおね》中隊長の決断だった。気象条件と敵編隊の針路から、撃破は期待できないと判断したらしい。発射台に据えつけられていた四基の試製六〇センチ噴進砲は、液体燃料と酸化剤の抜き取りが開始されていた。

　飛翔体に燃料等の混合液を注入するのは、発射の直前と決められている。次の機会がいつになるか不明だから、中止の場合は機内から抜きだして貯蔵施設にもどす必要があった。その上で推進機関を分解し、部品を洗浄しなければならない。

　この作業を怠ると、故障の原因になるとされた。整備員にとっては手順が多く、扱いにくい兵器だった。しかも前例のない構造だから、教本や手引き書の類はなかった。すべてが手探りの中で、不慣れな作業をこなす必要があった。

一瞬でも気を抜くと、正常な飛翔が期待できなくなる。わずかな不具合も許されないが、中隊の士気は高かった。配備されているのは、日本軍にとって未知な領域の兵器である高々度迎撃誘導弾なのだ。教本の類が必要なら、自分たちの手で作成するしかない。

それを可能にする力が、この中隊にはあった。隊の中核となる下士官兵は、いずれも若く意欲に満ちていた。経験不足は否定できないが、それを補う思考の柔軟さがあった。指揮小隊つきの打田伍長も、その一人だった。

着任した当初は、噴進砲の飛翔原理さえわからず難儀した。そのころ駐留していた海軍の技術顧問に、些細なことまで頼らざるをえなかった。だが技術顧問が去ってからは、状況が大きく変化した。自分たちでやる以外に、問題解決の方法がなかったのだ。

そのせいで黒尾根中隊には、他の部隊にはない独自の気風があった。技術的な問題が発生したら、当事者でなくても助言ができたのだ。飛翔体の誘導装置は指揮小隊の担当だが、他小隊の者が解決の糸口を示した例もある。

これは通常では考えられない状況だった。おなじ部隊でも、部署が違えば別の組織という意識があったからだ。班ごとの対抗意識はつよく、技術的な不具合は恥と考える傾向があった。

したがって問題の存在が、外に伝わること自体ありえない。かりに他班の深刻な状況が耳に入っても、聞かなかったことにするのが普通だった。不用意に口出しなどすれば、血みどろの抗争に発展しかねない。

縦割り社会の縮図をみるかのようだが、黒尾根中隊では異様なほど隊内の風通しがよかった。中隊長の黒尾根大尉自身が、他の中隊や上級司令部の問題点を指摘してきた。そのような教育を、幼少のころから受けてきたのだろう。

日本国籍を有しているはずだが、外見上は西洋人そのものだった。金髪碧眼で肌の色は白く、陽射しにさらされても日焼けしない。その上に眼鼻だちが日本人ばなれしているから、最初のうち強い違和感があった。米軍の将校に、指揮されているような気がしたのだ。

だがそれも、すぐに慣れた。外見の違いや考え方の合理性を別にすれば、黒尾根大尉はまぎれもない日本人だった。さもなければ、中隊ひとつを指揮できるとは思えない。試験的に編成された噴進砲隊は、部隊運用にかなりの困難が予想された。

しかも現実的にいって、残された機会は多くない。これまでに中隊は、何度か好機を逃してきた。おそらく次回が、最後になるのではないか。充填と抜き取りをくり返すうちに、燃料と酸化剤が少しずつ漏洩していたのだ。

このまま事態が進展すれば、燃料等の混合液が不足して実戦運用ができなくなる。残された混合液をかき集めて、少数機を発射しても意味がなかった。揮発や漏洩によって減少した混合液は、劣化している可能性が高い。

かりに他の機能が安定していても、燃料が不足していたのでは攻撃目標に到達できない。かといって、混合液の補充は容易ではなかった。中隊が保有する噴進砲は、実質的に海軍が開発した兵器――奮龍4型だった。硫黄島には陸軍の一個中隊四基だけが配備されている。

島の南部には海軍の対空部隊が展開していたが、こちらには奮龍が配置されていなかった。陸軍は硫黄島の防衛に自信を持っているものの、過去の例からして守備隊が玉砕する可能性は否定できない。

もしも対空陣地が占領されれば、無傷の奮龍が鹵獲《ろかく》されることもありえた。実戦投入されたばかりの奮龍が、敵手にわたれば損失は計りしれない。新兵器として徹底的に調査され、弱点を見破られるのではないか。

それなら最初から、持ちこまなければいい――それが結論だった。結果的に海軍の対空陣地は、在来型の高角砲だけで編成された。奮龍を軽視していたのではない。むしろ期待が大きすぎて、慎重すぎる運用になったようだ。

これは陸軍にとって、大きな誤算だった。当初の計画では、海軍も奮龍を硫黄島に持ちこむはずだった。擂鉢山を中心とした南方空域を海軍の奮龍4型が防衛し、島の北方空域を陸軍の噴進砲が担当することになる。

そのため液体燃料等の補給に関しては、楽観的に考えていた。もしも減少した分を自力で補給できなければ、海軍部隊の保有分から融通してもらえばいい。その程度の認識で、一個中隊の高射噴進砲隊を配備したらしい。

ところが実際に部隊を展開したのは、陸軍だけだった。しかも部隊規模が小さいものだから、島内に燃料等の生産施設は建設されなかった。

貯蔵施設に余裕を持たせておいて、不足分を補充できる態勢をとるにとどめた。

　本来なら、これで問題は解決するはずだった。なんらかの理由で発射が延期になっても、余裕をもってやり直せると判断された。ところが予想に反して、発射間際の作業中止があいついだ。もしも次の機会を生かせなかったら、発射は不可能になる。

　その場合は噴進砲ばかりではなく、関連施設も残らず処分することになっていた。原形をとどめないほど破壊して、地下壕の奥深くに埋めるのだ。主要兵器を失った中隊は、歩兵として戦闘に投入されるものと思われる。

　ただし戦力として、期待されているとは思えない。高々度対空戦闘に特化した中隊だから、自衛戦闘が可能な最小限の兵器しか保有していなかった。自動火器は皆無で、小銃も数人に一挺程度があるだけだ。

　銃剣や手榴弾さえ全員にいきわたらず、あとは将校の拳銃だけが頼りという心細い状態だった。陣地のある谷には一個小隊の海兵隊が配置されていたが、敵に上陸の兆候がある場合は島の南部に移動する手はずになっていた。

　みかねた下士官の一人が、兵器の現地調達を持ちかけたことがあった。だが黒尾根大尉は、笑うばかりで取りあおうとしなかった。現地調達できそうな兵器は、竹槍の類しか思い浮かばない。せいぜい木の棒の先端に、銃剣を結びつけた木槍くらいではないか。

　合理的な思考をする黒尾根大尉には、笑止でしかなかったようだ。しかしこのことは、別の憶測を生む結果になった。発射台と飛翔体が四基あるだけの小規模な中隊とはいえ、日本陸軍では唯一の高々度迎撃戦闘が可能な部隊だった。たとえ燃料不足で実戦に投入できなくても、運用実績は蓄積されている。それほど価値のある部隊を、竹槍だけを持たせて敵陣に突入させるとは思えない。敵の上陸が間近に迫ったら、輸送機を用意して内地あるいは父島に転進するのではないか。

地上戦を忌避する思いが、そのような噂に変化したのではなかった。困難を承知で硫黄島から脱出させるだけの価値が、この中隊にはあると信じていたからだ。内地に帰還したら黒尾根中隊を核に、あらたな部隊が編成されるものと思われた。

あるいは嚮導団に改編されて、より多くの部隊を指導するのかもしれない。そんな熱い思いが、中隊の士気を維持していた。ただ次の発射に失敗すれば、あとがないという状況は変化していなかった。

土俵際に追いつめられたかのようだが、それが逆に隊員たちの闘志をかき立てていた。機器の初期故障や予想外の気象変化など、多発する問題を丹念に解決していった。それでも機器の不具合を、なくすことはできなかった。

はじめてＢ２９が飛来したときには、不運にもみまわれた。雲がわき出す前の、朝早い時間帯だった。Ｂ２９とおぼしき機影は、単機あるいは数機程度の編隊で侵入してきた。高度は一万メートル前後というから、黒尾根中隊にとっては千載一遇の好機だった。

硫黄島には以前から、海軍の防空部隊が駐留していた。この時期には空襲が必至とみて、格段に増強されていた。主力は歴戦の零式艦上戦闘機だが、高度一万メートルを飛行する敵に対しては力不足だった。上昇に要する時間は、最低三〇分が必要とされた。

しかも電波警戒機による攻撃目標の捕捉が遅れて、迎撃機による接敵は困難だった。迎撃が可能なのは、試製六〇センチ噴進砲だけだった。一万メートルの高度まで三分あまりで上昇できるから、侵入した敵機を確実にたたき落とせるはずだ。

勢いこんで戦闘配置についたものの、噴進砲が発射されることはなかった。最初の一基が発進する寸前に、防空司令部から「発進待て」の命令があったのだ。武装と防弾鋼板をおろした零式艦戦が、体当たり攻撃を敢行すべく接近中であるという。

接敵が予想されるのは、島の上空あたりになるらしい。この状況で噴進砲を発射すれば、上昇しつつある迎撃機を撃破する可能性があった。攻撃の結果が出るまで、噴進砲隊は発進動作を停止しろということらしい。

事情を知った打田伍長は歯噛みした。体当たり攻撃が計画されていることは、以前から耳にしていた。跳梁する敵の重爆を撃破するには、他に選択の余地がないと判断したようだ。無論、必死攻撃ではない。操縦者は攻撃のあと、落下傘で降下するものとされた。

だが守備隊長の栗林中将は、効率の悪さを理由に難色を示した。一回の攻撃で貴重な機材ばかりではなく、操縦者まで失いかねない計画に同意はできないというのだ。彼我の戦力差を考えれば、出撃をくり返して敵に多くの損害をあたえるべきだと主張した。

　それで話は終わったはずだった。ところが実際には、海軍に押し切られた格好になった。死を賭して攻撃態勢に入っている艦上戦闘機を差しおいて、初陣の噴進砲が割りこむことは許されないという理屈だろう。

　結局、Ｂ２９は艦戦の追跡をふりきって洋上に逃れた。噴進砲の発進準備は再開されたが、貴重な時間を無駄にしていた。噴進砲の強大な上昇力をもってしても、追撃は容易ではない。所定の高度に達したときには、敵機は射程外に去っているのではないか。

　僥倖《ぎょうこう》に頼って追い討ちをかけるのは、最悪の選択だった。隊長の黒尾根大尉は、確実さを重視して発射を断念した。万全の態勢で、次の機会を待つことにしたのだ。戦果にこだわって、中止したわけではない。

　結果の如何にかかわらず、黒尾根中隊の戦績は全軍の嚆矢《こうし》となるからだ。もしも攻撃が失敗すれば、高射噴進砲――奮龍の評価自体が低下する可能性があった。一度の失敗で評価が定まるとは思えないが、先駆けとなるだけに印象は強いものと思われる。

　最悪の場合は兵器としての価値が認められず、制式化が遅れることもありえた。そのような状況まで見据えた上で、中止を決断したようだ。ただし同様の失敗を、くり返す気はない。黒尾根大尉自身が防空指揮所に乗りこんで、善処を申し入れていた。

　次の戦闘時には迎撃機の有無にかかわらず、遠慮なく噴進砲を発射すると伝えたのだ。

2

実はおなじときに栗林中将も、海軍部隊と直談判していたらしい。

防空司令部ではなく、海軍航空隊の第二七航空戦隊に乗りこんだという。すると以前の問題は、まだ解決していなかったのかもしれない。海軍の問題だからと、はねつけられた可能性もある。ただ栗林中将が、安易な妥協をしたとは思えない。

少なくとも迎撃担当空域の逸脱を、黙認する気はないはずだ。中将がなんらかの合意を取りつけたのは、間違いない。そのせいか以後は、高射噴進砲の射程内に迎撃機が入りこむことはなかった。それにもかかわらず、中隊は噴進砲を発射できずにいた。

二度めの機会は、意外に早くやってきた。最初の迎撃失敗から数日後に、電波警戒機が接近する機影をとらえたのだ。中高度に広がる雲の塊を、ぬうようにして接近してくる。電波警戒機の反応からして、単機なのは間違いなかった。

おそらくＢ２９による強行偵察だろう。単に高空からの写真撮影にとどまらず、爆弾を落としていくことも多かった。単機とはいえ、投下される爆弾の量は少なくない。無視できない被害を重ねるうちに、高射砲や航空隊による迎撃が常態化していた。

黒尾根中隊は、ただちに噴進砲の発射準備に着手した。以前の失敗にこりて、敵影を発見したら即座に準備作業を開始する手はずになっていた。噴進砲の発射には時間がかかる。発射台

試製六〇センチ噴進砲

の偽装を取りのぞいて、地下壕から飛翔体を引きださなければならない。

その上に高々度迎撃に特化した噴進砲は、液体燃料等を注入する必要があった。神経をすり減らす丹念な操作が求められる。それでも中隊は、見切りで準備作業に入った。前回のような横槍が入る前に、発射してしまえばいいと判断されたのだ。

それが裏目に出た。飛来したのは、B29ではなかった。中高度を低速で飛行しているらしく、動きは鈍かった。おそらく汎用の飛行艇だろう。島の上空には侵入しようとせず、一定の距離をとって旋回をつづけている。

偵察機には違いないが、電波警戒機等の波長域を探査する専用機だろう。状況を把握した黒尾根大尉は、即座に発射の中止を決めた。中隊の担当は、高々度から侵入する敵機の迎撃だったからだ。

電子戦の専任機である飛行艇が、このあと高度をあげて島の上空を航過するとは思えない。中隊の噴進砲は高々度と同時に長射程を実現しているが、飛行艇が射程圏内に入りこむ可能性はなさそうだ。

たとえ接近したところで、担当空域の内側には踏みこまないだろう。自縄自縛だった。他隊に遵守を求めた担当空域を、中隊が無視することはできない。苛立ちをおさえて待つうちに、飛行艇とおぼしき機影は電波警戒機の視野から消えた。

おそらく高度を落として、父島周辺に移動したのだろう。硫黄島基地の零式艦戦が執拗に追跡したが、見失ったらしくやがて帰投した。結局このときも、迎撃はできずじまいだった。しかも一部の飛翔体には、燃料等の注入がはじまっていた。

これを抜きだして貯蔵施設にもどし、機内タンクやパイプ類を分解して洗浄しなければならない。意気のあがらない面倒な作業だが、やるしかなかった。時間をおいて作業することは許されない。緊張感を絶やすことなく、作業を片づけるしかなかった。

ところが着手して間もなく、事故が発生した。パイプの継ぎ手が破損して、混合液が漏れだしたらしい。量は多くなかったが、液をかぶった二人が重傷を負った。だが、より深刻な問題は他にあった。

破損した継ぎ手は、構造上の欠陥があったらしい。発射準備をはじめた飛翔体のうち、二機に混合液が注入されていた。事故を起こしたのは一機だけだったが、もう一方の飛翔体も同一個所が損傷していたのだ。

気づかずに作業をつづけていたら、同様の漏洩事故が起きていた可能性がある。設計に問題があったといわざるをえないが、地上で事故が起きたために最悪の事態はまぬがれた。発射の衝撃で継ぎ手が破壊されていたら、発射台上で炎上していたかもしれない。

機器の点検と損傷個所の修理は、まだ安全が確認できないうちに開始された。いそぐ必要があった。二度にわたる航空偵察は、本格的な空襲が近いことを予感させた。おそらく数日以内に、米陸軍航空隊の重爆群が飛来するものと考えられる。

応急修理作業は、昼夜の別なくつづけられた。

燃料漏れが発生した継ぎ手はもとより、同様の弱点となりそうな個所も補強された。ただ設計上の問題を、現地部隊が運用で解決するのは無理がある。損傷の修理はできても、不具合を未然に防ぐことは困難だった。

それでも、作業はつづけられた。何があっても、迎撃を成功させなければならない。その思いが、中隊の全員に浸透していた。すでに作業は、故障修理の域をこえていた。設計変更ぎりぎりの改造といっていい。

そのため今朝になっても、作業は終わっていなかった。早朝から未明にかけて三〇機をこえる重爆撃機の集団が襲来したが、液漏れが発生した二機はまだ発射できる状態ではなかった。残りの二機は発射可能だったが、黒尾根大尉は今回も迎撃を見送る方針だった。

作業なかばの飛翔体は信頼性が低く、発射しても撃破は期待できないからだ。攻撃に踏みきるのであれば、四機を集中して投入しなければならない。二機だけを発射しても、高々度を飛翔する攻撃目標は撃破できないと判断された。

その上に中途半端な発射は、基地の所在を曝露するおそれがあった。噴煙の尾を引いて急上昇する飛翔体は、上空からでも容易に視認できる。残された二機を発射する前に、陣地のある谷は徹底した爆撃に見舞われるのではないか。

無論、陣地の主要施設は地下に構築してある。地上の構造物も可能なかぎり偽装しているとはいえ、大量の爆弾を投下されれば戦力を失う。四機すべてを撃ちつくす前に、発射台や誘導施設を破壊される可能性が高かった。

三度めの機会を逃すことになるが、黒尾根大尉の決断にゆらぎはなかった。大尉自身は明言を避けたものの、次の機会は数日以内にくると判断したようだ。大規模な空襲のあとには、戦果を判定するために偵察機が飛来するからだ。

重爆撃機の集団が短時間のうちに押しよせる空襲と違って、偵察機には歴戦の空中勤務者が乗り組んでいる可能性が高い。したがって空襲に加わった機体を撃墜するよりも、深刻な被害を敵にあたえることができる。

さらに混戦になりがちな空襲時と違って、他の攻撃手段との区別がつけやすい。通常型の高射砲や迎撃機に攻撃されて手負いになった敵機に、とどめを刺しただけだと誤認されるのは避けたかった。

手柄を横取りされたくないという、狭量な動機によるものではない。新兵器である高射噴進砲の、はじめての実戦投入を客観的に評価したいだけだ。ただしそのためには、機材の整備を何よりも優先しなければならない。

飛翔体の整備は、爆撃が開始されても中断しなかった。かなり大規模な爆撃であることは、地下壕にひそんでいてもわかった。艦載機による空襲にくらべて、投下される爆弾量が格段に多く感じられる。

打田伍長は警報の発令と同時に陣地を離れ、戸外の監視哨で敵の動きを追っていた。迎撃時の参考にするためだ。爆弾が雨のように降りそそぐ中で、打田伍長は見張りを開始した。さすがに米陸軍の重爆撃機隊による爆撃には、圧倒的な破壊力があった。

監視哨は巧妙に偽装された半地下式の施設だった。その上に爆撃の標的とされたのは、離れた位置にある滑走路だった。よほど照準がずれていなければ、監視哨が被害を受けることはないはずだ。

対岸の火事をみているかのようだが、打田伍長にとっては釈然としない状況だった。整備が不充分な状態でも、強引に発射するという選択肢があったのではないか。もしも中隊が高射噴進砲を発射していたら、爆撃による被害が減少していたかもしれないのだ。

それを思うと黒尾根大尉の方針を、無条件に支持する気はなかった。かといって初級下士官の伍長が、異議をとなえることなどできない。大尉の真意も不明だから、このことについては沈黙を通すしかなかった。

上級司令部による介入だけが、気がかりだった。だが黒尾根大尉は、うまく切り抜けたようだ。防空指揮所には機材故障を理由に、迎撃戦闘には加わらないと通告してあった。詳細な状況は説明しなかったと思われるが、指揮所は了解したらしい。

というより、戦力として期待していなかったのだろう。高々度迎撃誘導弾といっても、実態はほとんど知られていなかった。防空指揮所の要員にも、正確な知識はなかったのではないか。実施部隊が「次の機会を待つ」といえば、それにしたがう他はない。

重い気分で、戦況を見守ることになった。ところが飛来した米軍機は、拍子抜けするほど消極的だった。機影も視認できない高空を航過しながら、爆弾をばらまいていくだけだ。滑走路を破壊するつもりのようだが、大部分は目標を外れて無駄に土煙をあげている。

高々度から侵入したものだから、迎撃も不調に終わった。発進に手間取ったこともあって、迎撃機は接敵さえできずにいた。同様の理由から高射砲部隊の多くは、最初から反撃を諦めていた。砲口は頭上の敵編隊を指向しているが、実際に発砲する機会はなかった。

わずかに海軍の大口径高角砲が、直上を通過する敵を砲撃しているだけだ。しかし威力不足は歴然としていた。地上からの観測でさえ、砲弾の起爆高度が不足しているのがわかった。敵機のかなり下方で、砲弾が炸裂している。

さすがに海軍部隊も、効果がないことに気づいたようだ。数発を発射したところで、砲撃を終えた。打田伍長は歯噛みする思いで、その一部始終をみていた。この状況で敵機を撃墜できるのは、黒尾根中隊の高射噴進砲だけだった。

それにもかかわらず、不具合が生じて迎撃を断念せざるをえなかった。そのことが不甲斐なく、口惜しさを堪えきれなかった。諦めきれないまま、敵編隊の下方に開いた砲弾の爆煙を睨みつけた。

すでに爆撃は終わりかけていた。黒い花のような爆煙が、風に押されて中高度を流れていく。打田伍長は首をかしげた。何かが妙だった。一見しただけで、異様な印象を受けた。それなのに、理由がわからない。

事態を把握できたのは、その数瞬後だった。単純な事実だった。地表を吹きすぎていく風と、爆煙の動きが一致していないのだ。地表とは逆方向の風が、上空では吹きすぎているとしか思えなかった。これでは爆弾を投下しても、命中は期しがたい。

――中高層に……不連続面があるのか。

硫黄島周辺の気象状況はよく知らないが、内地と同様に前線が発達することもあるようだ。爆煙はさらに拡散して、現在は痕跡のみが残っている。その動きは、伍長の推測を裏づけるものだった。間違いなかった。高度によって、風向がことなっているらしい。

この状況下では、投下された爆弾は迷走する。そして見当違いの位置に着弾した。空襲に先立って飛来した気象偵察機も、気流の乱れまでは把握できなかったのではないか。少なくとも気象条件の不良を理由に、攻撃目標を変更することはなかったと思われる。

――こうなることを、黒尾根大尉は知っていたのか。

当然の疑問だった。爆撃が効果をあげずに終わることを予測した上で、大尉は迎撃しないことを決めたのではないか。

3

各務大佐が硫黄島に到着したのは、空襲の直後らしい。

本来なら黎明時の薄明を利用して、ひそかに着陸するはずだった。ところが島に接近したところで、空襲の可能性があるとの通報を受けた。予定どおりの針路をとれば、空襲のさなかに強行着陸することになりかねない。

各務大佐にとっては幸いなことに、輸送機の機長は歴戦の古強者だった。ただちに反転して父島をめざし、緊急着陸して事なきをえた。予定どおり硫黄島にむかっていたら、着陸に失敗して機体ごと炎上していた可能性が高い。

避難先を父島にしたのは、最善の選択だったといえる。一部の米軍機は別行動をとって太平洋を北上し、日本本土上空に侵入して工場地帯などを偵察していったという。ところが父島と周辺の島々には、今日にかぎって米軍機の機影はみられなかった。

そのため輸送機は、予定より少し遅れただけで硫黄島に着陸した。爆撃の直後だというのに、滑走路は無傷の状態だった。各務大佐を乗せた輸送機は、米軍に存在を把握されていなかったと思われる。

無論そのこと自体は、決して珍しい出来事ではない。運がなければ各務大佐は戦死していたところだが、そうであっても戦場では日常茶飯事といえる。ただ各務大佐にかぎっていえば、強運のせいで危機を切り抜けたという印象が強かった。

――強運というより、悪運というべきではないか。

それが陣内少佐の、正直な感想だった。輸送機の操縦者には申し訳ないが、大佐は機上で戦死するべきだった。そうすれば硫黄島の守備隊は、横槍を気にせず存分に戦える。過去の所業を考えると、硫黄島守備隊にとって各務大佐は疫病神でしかない。

切れ切れに伝わってくる大佐の言葉は、現実を無視した絵空事としか思えなかった。その上に、悪意が感じられる。肥大した自意識を満足させるためなら、陸海あわせて二万の将兵を道連れにすることも辞さないのだろう。

守備隊の将兵にとっては、迷惑きわまりない話だった。ただし現在の各務大佐に、計画を実現する権限はない。大佐の肩書きは不明だが、兵団司令部の参謀長などではありえなかった。米軍の上陸が間近に迫っている時期に、参謀長を交代させるとは思えない。

せいぜいが兵団の司令部つきとして、飼い殺しにする気ではないのか。ところが当の各務大佐に、その事実を受け入れる意思はなかった。というより現実から眼をそむけて、自分にとって都合のいい事実だけをみている。

こうなると事実の歪曲ではなく、妄想に近かった。そんな考えに普段から取り憑かれているのなら、各務大佐は精神的に破綻していると考えていい。硫黄島への異動が引き鉄になって、精神的な負荷が限界をこえたのではなさそうだ。

以前から現実を直視できないまま、参謀本部に勤務していたのではないか。そして現地軍への異動が決まってからも、当時の感覚から抜けだせずにいる。作戦課員として日本の戦略方針を策定していた時のように、小笠原兵団を「指導」しようとしていた。

落盤事故の現場を抜けだした陣内少佐は、熱気の充満する地下通路を足ばやにたどっていた。いそぐ必要があった。栗林中将が半年あまりかけて練りあげた防御計画を、各務大佐は全面的に否定しようとしている。

完成間近の地下陣地群を放棄して、大佐の方針にそった要塞を構築する気らしい。落盤事故が発生した迫撃砲陣地と同様の設計無視が、他にも存在する可能性があった。だが敵の上陸が間近に迫っている状況下で、陣地の構造を大幅に変更するのは無茶すぎる。

それ以前に司令部の意向に反して、恣意的に陣地を構築するのは言語道断だった。ただ各務大佐は到着したばかりだから、工事に直接かかわっていないはずだ。ということは守備隊の内部に、各務大佐と気脈を通じた者がいることになる。

目付役なのかと、陣内少佐は思った。三カ月前の段階では参謀本部の各務大佐の代理として、守備隊の監視役が送りこまれるはずだった。そのために建設部隊を新設し、目付役をすえて陣地を改造させようとした。

穴の縁で各務大佐に叱責されていたのが、その目付役だったのかもしれない。本来なら三カ月前の時点で、各務大佐とともに来島していたはずだ。定期便の欠航で沙汰やみになっていたが、いつの間にか着任していたのかもしれない。

最初はそう思った。だがこの三カ月の間に、陸軍将校の転入者はいなかった。総勢二万人余の守備隊とはいえ、将校の数はかぎられている。まして建設部隊の隊長なら、見逃すはずはなかった。それでは計画になかった陣地を、独断で構築したのは誰なのか。

——ことによると各務大佐の同調者は、意外に多いのかもしれない。

そう考えた方が、辻褄があいそうな気がした。心あたりもある。絵空事だとばかり思っていた大佐の計画が、急に現実味を帯びてきた。だがここで、各務大佐の暴走を許してはならない。処理を誤ると、守備隊を二分する抗争に発展しかねなかった。

焦る気持ちが先にたった。移動するにつれて足が速くなって、ついには灯りのとぼしい通路を駆け抜けていた。闇に眼が慣れないものだから、何度も壁に衝突しかけた。屈曲や段差も多かった。業を煮やして、地表に抜けだした。

時間を短縮するために、海ぞいの小道を北上することにした。通常は利用されることのない危険な道だった。昼間でも敵艦艇が出没するから、不用意に姿をさらせば銃撃されることもある。ときには兵一人を殲滅するために、砲弾を撃ちこんでくることもあった。

常識的には遮蔽物の多い内陸部の道を利用するべきだった。未完成で一部は露天の塹壕を伝うことになるが、島を縦貫する地下通路もあった。上陸した敵が島を分断しても、南部の摺鉢山地区と司令部のある北部台地の連絡を維持するためだ。

だが陣内少佐は、危険を無視して突っ走った。地下通路をたどれば安全だが、時間が惜しかった。今は一秒も無駄にできない。各務大佐は着々と地歩をかためつつある。空襲の終了後に父島から飛来したのであれば、大佐の行動範囲は限定される。

守備隊司令部のある北部台地はもとより、他の地区に点在する陣地にも立ち寄っていないのではないか。移動を徒歩に頼ったと仮定すると、飛行場からまっすぐ摺鉢山北麓に移動した可能性が高い。かりに寄り道したとしても、せいぜい一個所が限度だと思われる。

それも飛行場の周辺か、落盤があった陣地の近くであるはずだ。そのことの意味は重大だった。各務大佐はかなりの目算を持って行動している。どんな手を使ったのか不明だが、島内の協力者と連絡を取りあっていたようだ。

早急に阻止しなければ、手遅れになるかもしれない。息もつがずに駆け抜けて、島の北端に近い司令部壕に到着した。栗林中将は不在だったが、築城参謀の小科《こしな》中佐は壕内にいた。足音をたてずに駆けこんできた陣内少佐を、眼を丸くしてみている。

呼吸をととのえるのも、もどかしかった。休みなく駆けつづけて島を縦断したものだから、体温が異様に上昇していた。それなのに、汗が流れださない。清水が不足しているものだから、飲料水にも事欠く有様だった。

雨水だけが頼りだが、このところ降雨が少なく司令部壕でさえ水が不足していた。湯飲み一杯の水を乞うのも気詰まりなので、我慢して状況を手みじかに説明しようとした。ところが喉が渇ききっているものだから、かすれた声しか出てこなかった。

みかねた小科中佐が、陣内少佐を手で制した。少佐に背をむけて、壕の隅から一升瓶を持ちだしてきた。大ぶりの食器になみなみと注いで、陣内少佐に手渡した。支給された一日分の飲料水を、瓶につめて保存してあるらしい。

そう思った。ありがたく頂くことにして、口をつけた。その途端に、濃厚な辛味が口一杯に広がった。芳醇な香りは、あとからついてきた。水ではなく日本酒だった。しまったと思ったときには、もう手遅れだった。喉を鳴らして、ひと息で飲みほしていた。

飲みたりない気持をおさえきれずに、空の食器を傾けた。しかし一滴のしずくも落ちてこなかった。二杯めを所望しようかと、本気で考えた。だが、さすがにそれは気が引ける。威儀を正して、食器を小科中佐に返した。中佐は呆れた様子でいった。

「仁義を知らん奴だな。その上に作法もわきまえておらぬ。普通は口にふくんだところで、ただの水ではないことに気づくものだ。その上で椀の半分を残して、施餓鬼の礼とすることになっている。

椀からあふれそうな甘露水を一気に飲みほすのは、よほど肝の据わった侍か筋金入りの博徒だ。で、貴公はどっちだ。先祖に名の通った剣客でもいるのか。二本差しにしては不作法だが、仁義を知らぬ渡世人では話にならない」

ぼやくような口調だが、本気で怒っているわけではなさそうだ。それでも諦めきれないのか、取りもどした食器を未練たらしく逆さにふっている。要するに脱水症状寸前の者をみかけたら、施餓鬼と称して酒をふるまっているらしい。

ただし酒の半分は、施主への礼として返すようだ。本来はかぎられた数の住民がいるだけの小島に、二万人以上の将兵が押しよせたのだ。ときには茶碗一杯の清水が、同量の酒よりも貴重な存在になる。

そのような生活環境のせいで「施餓鬼」という習慣が定着したらしい。陣内少佐自身が体験するのははじめてだが、話だけは耳にしたことがあった。勤務時間内の飲酒は無条件に禁止されているが、人命にかかわることだから守備隊長も黙認せざるをえないようだ。

恐縮するしかなかった。陣内少佐は不動の姿勢をとって、小科中佐に一礼した。そのころになって、全身に酒がまわりはじめた。末端の血管が膨張して、手足の先が燃えるように熱い。

心臓の鼓動が、太鼓のように全身を打ち鳴らしている。

小科中佐は気づかない様子で、一升瓶を片づけている。その背中に、陣内少佐は声をかけた。各務大佐が来島したようだ。このことについて、何か情報をつかんでいるか。そういった途端に、中佐は動きをとめた。

だがそれも、長い時間ではなかった。ゆっくりと、小科中佐はふり返った。陣内少佐は息を呑んだ。小科中佐の顔つきが、別人のように変化している。けわしさをました表情からは、明瞭な憎悪が感じられた。

4

作業台の上に広げられたのは、硫黄島の全体地図だった。

既成の地図を元に小科中佐が作成したらしく、防衛拠点の周辺には構造物らしきものがいくつも記入されている。防衛上の要となる重要拠点では、特に密度が高く手書きの文字もびっしり書きこまれていた。島中に構築された地下陣地の、配置図らしい。

話を聞いたことはあるが、陣内少佐が実物をみるのははじめてだった。陣地の構造に関する図面は、軍機あつかいの極秘資料とされている。もしも敵の手に渡れば、地下陣地群はごく短時間で陥落する可能性があった。

陣内少佐は築城工事全般に関与していたが、それでも地下構造物の全容を知ることはなかった。硫黄島防衛の基本方針を説明されることなく、配置図も閲覧できない状態で工事が進められていた。

不自然で変則的なやり方だが、これは陣内少佐にかぎったことではなかった。それぞれの工事担当者には、必要な部分だけが複写して手渡された。複写といえども管理は厳重で、部外者の眼にふれる可能性は徹底して排除された。

複写用紙には通し番号が割りふられており、作業の終了後には回収されることになっていた。原図になると管理はさらに厳重で、施錠が可能な部屋でなければ閲覧することもできなかった。司令部壕には専用の部屋があったが、これまで存在に気づくことはなかった。

めだたない位置にあるものだから、暗号解読などに使用する部屋だと考えていたのだ。密室のため換気は配慮されておらず、作業台をはさんで小科大佐と対峙していると息苦しさすら感じた。

おそらく小科中佐はこの部屋にこもって、配置図の作成や修正をおこなったのだろう。ただ資材がとぼしい中で構築されたらしく、丸太で組んだ扉には隙間があった。内部をのぞき込まれるのを警戒したのか、部屋を使用している間は兵が立哨していた。

「その……規格外の陣地は、水際防御のために構築されたと考えられる」

長い沈黙のあと、ようやく小科中佐がいった。陣内少佐の報告にしたがって、落盤のあった陣地が図上に描きこまれていた。島中に掘削された地下坑道は、総延長が三〇キロに達していた。陣内少佐から話をきくまで、中佐も実態を把握していなかったようだ。

その陣地は細く削った鉛筆で作図されていた。

ペンや烏口《からすぐち》などを使わなかったのは、あとに残すことを考えていないからだろう。この件が落着したら、一切を消し去るつもりでいるらしい。単に図面から抹消するだけではなく、現実の陣地も埋めようとしていた。

小科中佐としては、存在を許されない陣地なのだろう。規格から逸脱した危険な施設だからではない。守備隊司令部の方針を無視した上で、計画にない陣地をひそかに構築したのだ。図上のその部分をみるだけで、明瞭な悪意が伝わってくる。

既成事実によって、主張を押し通そうとする意図が感じられるからだ。早急に埋めてしまいたいところだが、それが不可能な事情があった。落盤事故の現場には、迫撃砲と弾薬が埋没している。兵器類を回収しなければ、陣地ごと埋めることもできなかった。

厄介な状況になったと、陣内少佐は思った。あらためて記入された陣地の周辺地形をたしかめると、他の陣地とは歴然とした違いがあった。摺鉢山の斜面を背負っているものだから、高い位置にあるにもかかわらず射界は限定される。

逆にいえば特定の攻撃目標に対しては、好条件が揃っていると判断できた。この陣地の場合は、通称「二根浜」だった。摺鉢山から北東につづく南海岸のうち、もっとも南側に位置する二根浜に迫撃砲弾を撃ちこめる。

ところが地形が錯綜しているものだから、海岸から日本軍陣地はみえない。日本軍は前進照準手を配置しておくだけで、一方的に敵をたたけることになる。想定された状況は、あきらかだった。海岸線に押しよせた敵上陸部隊を、水際で殲滅するための陣地だ。

おそらく立案者は丹念に地形を研究した上で、適地をみつけだしたのだろう。通常ならそれだけで手柄になるはずだが、この陣地の場合は逆だった。硫黄島防御の基本方針は、内陸持久であって水際防御ではないからだ。

したがって迫撃砲中隊にかぎらず、砲兵部隊全般の攻撃目標は限定されていた。海岸に達した敵上陸部隊や、沖合の輸送船団に対する攻撃は禁止されていた。砲撃による所在の曝露を避けるためだ。

守備隊指揮官の栗林中将は、早い段階で内陸持久の方針を決めていた。敵の侵攻を海岸線で阻止するのではなく、内陸部に引きこんで大量の出血をしいるのだ。熟考の末に決断したものと思われるが、前例がないため守備隊内部にも異論をとなえる者が多かった。

実質的に栗林中将をつぐ地位にある第一〇九師団参謀長と、混成第二旅団長がそろって強硬に反対していた。二人に引きずられる格好で、同調する将校も無視できない数になっている。これに対し栗林中将は、一歩も引かない構えをみせていた。

状況次第では将校団の再編成も、検討しているらしい。反対派を一掃するためだ。だが敵の上陸が近づいているのに、部隊指揮官の多くを交代させるのは危険な気がした。守備隊の結束が乱れて、士気が大きく低下しかねない。

反対派もそれを見越して、強硬姿勢を崩さずにいた。栗林中将の内陸持久戦術を支持する者は、むしろ少数派だった。小科中佐は最初のうち中将の方針に懐疑的だったが、全島の要塞化が進展するにつれて次第に考えを変化させたらしい。

初期の段階から築城工事にかかわっていたものだから、栗林中将の主張する内陸持久戦術の有効性が理解できたといえる。過去の戦闘記録を比較検討すれば、容易にわかることだ。近代戦において水際防御が成功した例は少ない。

太平洋戦域の島嶼戦はもとより、欧州戦域のノルマンディでも水際防御は脆弱さを露呈している。海岸の防御陣地は短時間のうちに突破され、内陸部に侵攻した上陸部隊は縦横に機動して防御態勢を崩壊させていた。

その事実を眼にすれば、硫黄島でも内陸持久戦術が有効なことは理解できた。ただし最大級の戦闘が発生したサイパンでは、いまも膠着状態がつづいている。このため現実がみえにくくなっているが、水際防御が成功したわけではなかった。

サイパン守備隊の水際防御陣地は短時間で無力化され、上陸部隊による南部一帯の制圧を許していた。ところがその後サイパン守備隊は態勢を立てなおし、かろうじて戦線を維持している。残された戦力を集成して、内陸持久の態勢に移行したのだ。

もし最初から内陸持久戦術を選択していたら、米軍の方が島の南部に追いつめられていた可能性がある。ところがその事実は、正確に伝わっていないようだ。水際の戦闘で大きな損害を受けた米軍が、足踏みをしていると解釈されていたらしい。

師団参謀長をはじめ多くの将校が水際防御にこだわるのは、本能的な恐怖のせいではないか

――そう陣内少佐は考えていた。常識的に考えれば、上陸部隊がもっとも脆弱なのは海岸線の通過時と考えられる。遮蔽物は存在せず、足場は極端に悪い。

　押しよせる波に足をとられて、溺死する兵もいるはずだ。守備隊にとっては、最小の被害で上陸部隊を殲滅できる好機だった。その好機を生かすことなく、橋頭堡を構築しつつある敵を無抵抗で見守ることになるのだ。

　栗林中将の内陸持久戦術が、心理的に受け入れられないのは当然といえる。四面楚歌ともいえる状況だが、栗林中将は自説を曲げなかった。防御態勢の強化につとめる一方で、内陸持久の有利さを辛抱づよく説いた。

　効果はあった。小科中佐にかぎらず、栗林中将の持論に理解を示す者は少なくなかった。最後まで不同意の姿勢を崩さない者もいたが、それは本質的な問題ではなかった。最大の障害は、硫黄島に駐留する海軍部隊と海兵隊だった。

　機構上は海軍部隊も小笠原兵団の指揮下に入っているが、陸軍からみれば異質な集団といわざるをえなかった。海軍部隊と海兵隊は、切実な理由で水際防御に固執した。内陸部の陣地戦に自信が持てないこともあるが、より大きな問題は航空部隊の運用にあった。

　敵を内陸部に進出させたのでは、戦闘初期の段階で飛行場を敵に占領されかねない。制空権を失った地上部隊が、不利な戦いをしいられることは過去の戦闘でもわかっていた。だが水際で敵の上陸を阻止できれば、戦闘は格段に有利なものになる。

　沖合の上陸船団に、航空攻撃を加えることもできた。説得力のある筋の通った見解だが、栗林中将は妥協しなかった。圧倒的な戦力を有する敵空母機動部隊が来襲すれば、日本軍航空隊が戦力を維持するのは困難だと考えられる。

それよりは地の利がある内陸部に敵を引きこんで、消耗をしいる方が有利ではないか。硫黄島に駐留する航空隊は、父島に後退して支援戦闘を継続させることになる。米軍の戦力事情からして、硫黄島と父島を同時に攻略することはないからだ。

硫黄島の戦闘が終息しなければ、父島には上陸しないと考えられる。あるいは父島を放置したまま、別方面に転進するかだ。かりに父島が占領される事態になれば、航空戦力を日本本土に後退させればよかった。

むしろ完璧な整備をおこなった上で、機動的な迎撃態勢をとることができる。戦力的に充分とはいえない硫黄島の航空隊を、最大限に活用するための方策でもあった。しかし海軍側は同意しなかった。というより、現地部隊の権限をこえていた。

最終的な決断――というより合意は、最近になって下された。大本営まで巻きこんで出した結論は、順当すぎ拍子抜けするものだった。栗林中将の主張が全面的に取りいれられて、以前から示されていた具体的な行動指針が認められたのだ。

参謀本部の大幅な人事異動が、このことに関係しているのかもしれない。そう陣内少佐は考えた。たしかに時期的な重なりはあるものの、関係の有無はわからない。いずれにしても海軍部隊の離反や、独自行動の可能性は回避された。

ただし栗林中将には、まだ片づけるべき問題が残っていた。中将の意図に反して水際防御を主張する守備隊内の反対派将校を、戦場から遠ざける必要があった。小科中佐によれば、すでに準備はととのっているらしい。

第一〇九師団参謀長と混成第二旅団長をはじめ、二〇人もの将校を内地に送り返す計画だった。当然のことながら、交代要員の人選も終わっている。何ごともなければ、今日の午前中に交代要員を乗せた輸送機が飛来するはずだった。

「その輸送機で……各務大佐が硫黄島に来たのですか」

陣内少佐がたずねた。小科中佐は陰気な声で応じた。

「たぶんな……。ということは――」

その先は、陣内少佐にも察しがついた。それなのに、容易には信じられなかった。内地に引きあげるはずの反対派は、まだ島内に居座っているのではないか。そればかりではなく交代要員も、内地の飛行場で足留めされている可能性がある。

――各務大佐は何をする気なのか。

いくら考えても、陣内少佐にはわからなかった。各務大佐の行動は、常人の想像力を大きくこえているようだ。

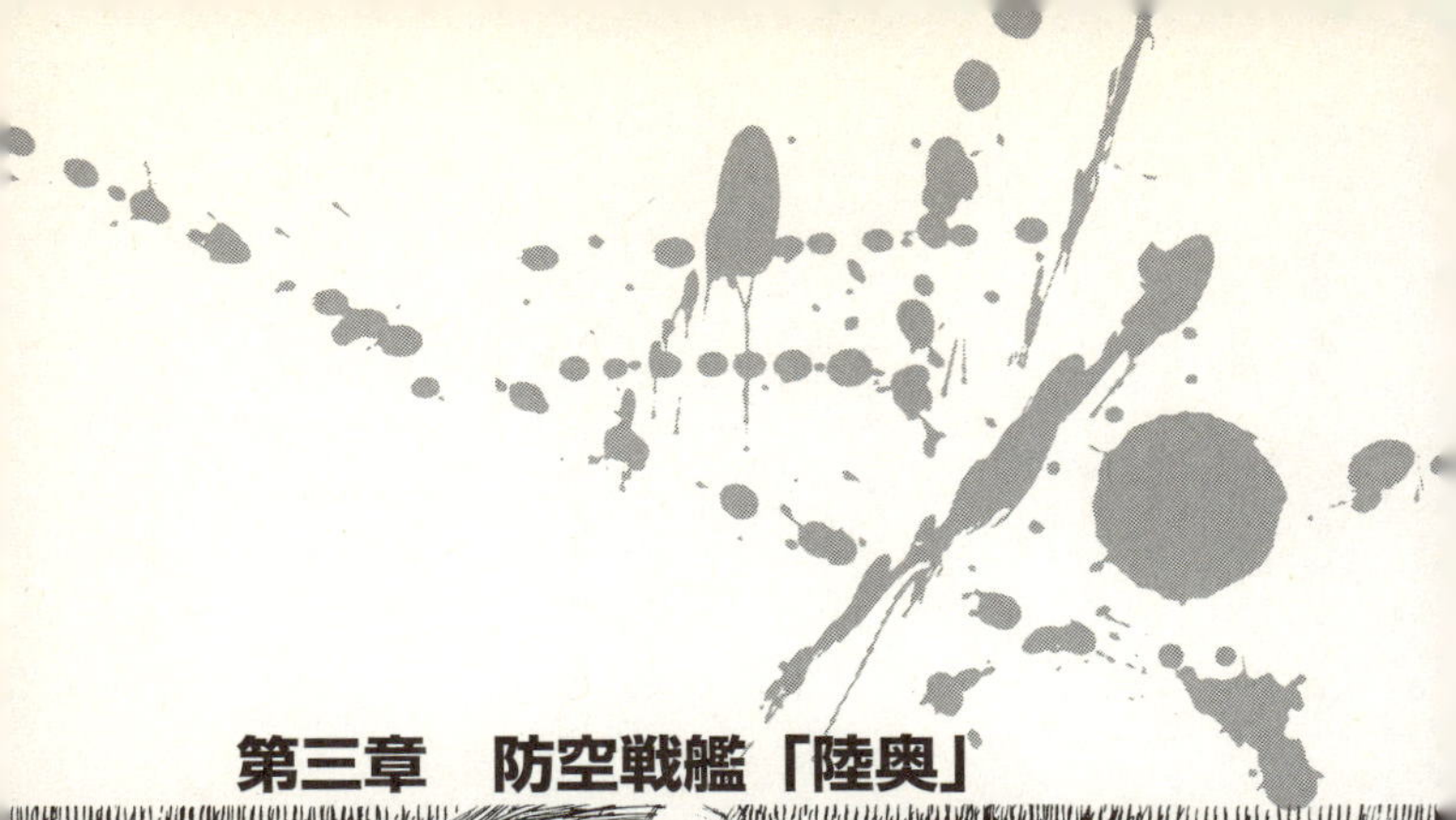

第三章　防空戦艦「陸奥」

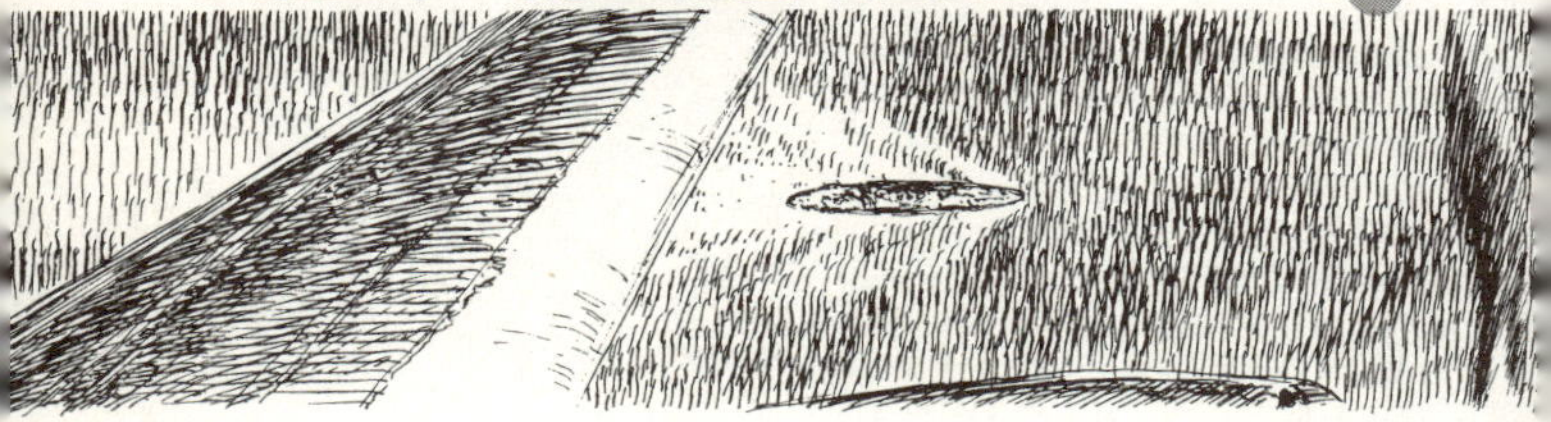

1

高度八千メートルからみる世界は、光に満ちていた。

局所的な上昇気流によって生じた季節はずれの積乱雲は、煌《きら》めく光の渦と化して機体の前方に屹立している。眼下に広がる海面や、低い位置に点在する断雲も負けてはいなかった。大量の光を吸収して、眩《まばゆ》く輝いている。

風防ごしにみる主翼は、冷たい光を放つ鋭利な刃物だった。積乱雲の頂点あたりから流れだした雲の断片を、容赦なく切り裂いていく。機外を吹きすぎていく風が、悲鳴のような擦過音とともに後方へ去っていった。

その一方で頭上に広がる空は暗く、昼間にもかかわらず薄闇に近かった。眼をこらせば、星が視認できるかもしれない。成層圏に手が届くほどの高所からは、死者の世界が垣間みえるという。宇宙空間と直接つながっている事実が、凄味とともに感じられた。

操縦員の蔵川《くらかわ》特務少尉は、先ほどから何度も時刻を確認していた。酸素の吸入をはじめてから、かなり時間が経過している。まだ残量に余裕はあるものの、この高度を維持しつづけるのは不安があった。

皮肉なことに乗機の試製「極光《きょくこう》」は、力づよい爆音を響かせている。希薄な大気のせいで出力は低下しているものの、エンジンの回転自体は安定していた。これなら一万メートルをこえる高度であっても、積極的な運用は可能なのではないか。

極光は高速陸上爆撃機「銀河」から派生した夜間戦闘機だった。銀河で採用された最新の技術的成果は、忠実に受けつがれている。二〇〇〇馬力級の強力な発動機「誉《ほまれ》」を両翼に搭載し、高々度戦闘も可能な排気タービン過給器を装備していた。

いずれも整備技術が問われる扱いづらい機材で、設計値どおりの性能を発揮できない部隊は少なくなかった。巧緻にすぎる設計のせいで、機体の実力を引きだせずにいたようだ。だが厚木に基地をおく第三〇二航空隊は、強力な整備態勢でこの問題に対処していた。

それが実績になった。導入当初の誉は不具合の多発に悩まされたが、時間をかけて使いつづけるうちに稼働率は少しずつ上昇した。その一方で過給器の部品が破損しやすい点については、これまでのところ抜本的な解決方法を見出せずにいる。

撃墜された米軍重爆撃機は、残骸であっても徹底的に調査された。だが革新的な技術が使われた形跡はなく、むしろ部品寿命の短さを交換部品の大量供給で補っている節があった。事実だとすれば大胆な発想といえるが、資源不足の日本には真似ができなかった。

いままでどおり少しずつ改良を重ねて、実用に耐える部品を供給するしかない。結果的に誉エンジンと排気タービン過給器は、極光にも搭載された。出力の低下を承知で安定したエンジンに換装する案も出たが、凡庸な性能になるとして採用されなかった。

それが正しい判断だったのか、現時点で結論を出すことはできない。極光は現在も性能を向上させつつあるから、夜間戦闘に限定すれば充分に戦果を期待できるのではないか。運用を重ねて進化すれば、昼間の高々度戦闘でも威力を発揮するかもしれない。

むしろ制約は機体よりも、搭乗員の方にありそうだった。機内環境が劣悪で、長時間の高々度飛行は大きな負担になるのだ。高々度で威力を発揮する与圧区画の研究は進展していたものの、夜間戦闘機には無用の装備品だった。

搭乗員は酸素を吸入しつつ、高所の寒気に耐えるしかない。極光はもとより原型の銀河も、高々度における積極的な運用は想定されていなかった。しかも急降下爆撃もこなせる高い運動性能を追求した結果、翼面荷重が大きくなって高層の希薄な大気では揚力が不足した。

したがって高々度では、巡航状態でもエンジンに大きな負担がかかる。不用意に回転数を落とすと、巡航高度さえ維持できなかった。無論、夜間戦闘機として運用されるだけなら問題はない。夜間における防空戦闘は、中高度以下を想定しているからだ。

ところが今日にかぎって、かなり変則的な飛行をしいられた。発端は基地で受領した命令だった。未明からの戦闘哨戒を終えて、厚木基地に帰投した直後のことだ。ただちに再発進して、駿河湾上空の指定空域に進出するよう命じられたのだ。

蔵川特務少尉は当惑した。未明から神経をすり減らす飛行がつづいたあと、ようやく飛行作業を終えて帰投したばかりだった。すでに乗機は掩体内に収容され、飛行後の整備がはじまっている。蔵川特務少尉としては、整備に立ち会ったあと仮眠をとりたいところだ。

さもなければ、今夜の戦闘哨戒まで体が保ちそうになかった。そう考えて事情を話したが、上官によればその余裕はないらしい。燃料の補給など最低限の作業を終えたら、ただちに発進しなければならないといっている。

いかにも急な話だった。とはいえ命令とあれば、黙ってしたがうしかない。それに上官は明言を避けたが、払暁を期して別の機を発進させたらしい。ところが機体に不具合が生じて、間もなく引き返してきたようだ。

そこまで事情を知った以上は、全力をつくすしかなかった。上官によれば任務自体は平穏なもので、戦闘が発生する可能性はないという。詳細は伝えられなかったが、概要は見当がついた。おそらく米軍機の本土侵入にそなえて、対空戦闘訓練に協力するのだろう。

具体的には極光を米軍機に仮想して、防空態勢の評価をおこなうのではないか。それだけなら非武装の機体でも可能だが、搭載された銃器類をおろすことはなかった。その作業についやす時間も惜しかったし、最近は予定している飛行空域にも米軍機が出没していた。

実際に米軍機と遭遇する可能性は低いものの、用心にこしたことはない。結局は未明の戦闘哨戒と同様に、すべての武装を搭載して出動することになった。弾薬はもとより、翼下の呂式三号爆弾まで搭載したまま離陸した。

機体が重くなって燃料の消費量が増大するが、演習は本土の近海でおこなわれるから問題はなかった。燃料が切れそうになれば、いつでも基地に帰投すればいいのだ。基地のある厚木は、演習空域から一〇〇キロと離れていない。

むしろ身軽になると飛行特性が変化して、標的である米軍の重爆撃機とかけ離れたものになりそうだった。帰投したばかりの蔵川機を、あえて代替機に選んだのも同様の事情によるものと考えられる。

双発機にしては運動性がいいとはいえ、極光に単座戦闘機なみの軽快さはない。そのせいで電波探信儀がとらえた極光の動きは、米軍重爆撃機と区別しづらいといわれていた。不用意に対空陣地の射程内に踏みこむと、同士撃ちの危険があった。

そういった事態を回避するために、乗機には識別用の電波反照機が搭載されていた。陸軍から供与された機材だから、独自製産はできず必要な数は満たしていなかった。したがって未搭載の機体も多く、演習の標的が可能な機体はかぎられていた。

指定された針路をたどりながら、蔵川特務少尉の極光は飛行をつづけていた。伊豆半島の先端をかすめて本土の南方海上に進出し、高度八千メートルを維持して駿河湾を南から北に縦断することになる。

これは明らかに、米軍重爆撃機の動きを想定したものだった。マリアナ諸島を発進したB29が、本土を爆撃するのであれば様々な針路が考えられる。正確な地理情報が入手できたのであれば、攻撃目標にむかって直進することも可能だった。

だが米軍機にとって日本本土は未知の領域であり、詳細な地図を入手することも困難であるはずだ。そのような状況で片道二千キロをこえる航程を翔破し、攻撃目標の上空に進出して爆弾を投下しなければならない。これは陸軍機にとって、至難の業と思われる。

現実的な解決方法としては、顕著な地物を選定して針路の基点とする方法が考えられる。そこから目標までの方位と距離を計算しておけば、敵地である日本の上空でもまごつくことはないはずだ。

たとえば雲上に突出する富士山は、格好の基点と考えられる。遠くからでも明瞭に視認できるし、中腹に設置された陸軍の広域電波警戒機も利用可能だった。強力かつ不動の電波源だから、逆探知すれば針路を誤ることはない。

東京や関東の軍需工場群を爆撃するのであれば、地上の電波源を基点に右旋回すればよかった。名古屋および周辺都市を攻撃目標とする場合は、逆方向に針路をとって上空に達することになる。そう考えれば、迎撃側の行動も自然に決まる。

簡単なことだ。富士山を餌にして、Ｂ２９を釣ればいいのだ。単純に考えれば駿河湾北部の海岸線に、強力な対空陣地を構築して敵を待ち伏せることになる。機動性の高い陸軍の高射砲部隊を中核に、海軍艦艇からおろした高角砲を展開させればよかった。

当然のことながらＢ２９の予想針路と海岸線の交差するあたりは、迎撃機による戦闘が禁じられる。迎撃機の狩り場は、富士山の基点をすぎてからになるだろう。対空陣地の後塵を拝することになるが、敵編隊に関する情報が不足することはないはずだった。

敵編隊が一万メートルをこえる高々度から侵入してきたとしても、同高度まで上昇して待ち伏せる時間的な余裕はあった。決して充分とはいえないものの、高々度における戦闘に特化した迎撃機なら間にあうのではないか。

周到に準備しておけば、敵に後れをとることはないはずだ。無論、問題はある。駿河湾の沿岸に対空陣地を集中しすぎると、内陸部の工場地帯や都市の防備が手薄になりかねない。それ以前に富士山を航法上の基点とする推測自体が、間違っている可能性があった。

かりに米軍機が思惑どおり罠に飛びこんだとしても、損害を与えることができるのは最初のうちだけだ。待ち伏せに気づいた米軍機は、次からは駿河湾を回避するのではないか。迎撃側はその動きを読んで、あらたな針路上に対空陣地を移動する必要があった。

　これは相当に困難な作業になりそうだった。たしかに陸軍の野戦高射砲部隊は、固定陣地にくらべて機動性がある。だが、それにも限界があった。わずかな齟齬《そご》で敵の動きを阻止できず、本土上空に侵入される可能性もある。

　問題はそれだけではなかった。迎撃されて不時着水した敵機の処理方法も、早急に決めなければならない。さもなければ移動をくり返す高射砲陣地の射程内に入りこんで、味方からの砲撃にさらされるかもしれなかった。

　逃げる敵機を深追いしなければ問題は解決するが、それでは敵にあたえる損害が限定される。米軍は不時着水した機体の搭乗員を救助するために、日本の近海にまで潜水艦を配置することがあるからだ。

　搭乗員の補充には、長い時間と労力が必要とされる。容易に補充できない「兵器」だから、万難を排して救出するのだという。逆に考えれば救助用の潜水艦を撃沈できれば、米軍にとっては大きな痛手となる。

　ただ機銃しか攻撃手段のない迎撃機が、敵潜水艦を攻撃するのは困難だった。耐圧船殻を撃ち抜けば機銃でも撃沈は可能だが、返り討ちにあう危険も無視できなかった。解決すべき問題は、かなり多いといわざるをえない。

　それでも蔵川特務少尉は、迎撃戦闘の成功を疑わなかった。米軍は長大な補給線を維持しながら、日本本土を空襲する態勢をとりつつある。補給線の先端にある重爆部隊は、本質的な弱点をかかえているといっていい。

　この点をつけば、米軍の侵攻を頓挫させるのは困難ではない。蔵川特務少尉は、そのことを疑わなかった。

2

時間はゆるやかに過ぎていった。

先ほどまで眼についた断雲は吹きはらわれて、視野が大きく広がっている。陽光に照らされた駿河湾を、少尉の極光は北上していく。自動操縦に切りかえても問題はなさそうだが、手動のまま乗りきることにした。

突発的な状況変化に対応するには、手動の方が有利だからだ。ただし本音は他にあった。機首前方に鎮座している富士山とは、正面から対峙したかった。そんなことを思わせる美しさを、風防ごしにみる富士山は有していた。

すでに季節は初冬に入っていた。前日まで平野部では降雨がみられたが、山岳地帯は雪が降っていたようだ。冠雪した冬富士の頂部が、銀色に輝いている。美しかった。蔵川特務少尉が過去にみた中で、もっとも荘厳な冬富士がそこにあった。

降雨が大気中の塵を洗い流したものだから、大気はこれまでになく澄みきっていた。その上に高所の大気は希薄で、存在を感じさせなかった。そのような状況下でみる富士山は、別世界の風景を思わせた。輪郭が際だっていて、息を呑むほど美しい。

その一方で山頂付近では、殺人的な強風が吹き荒れているのがわかる。頂上ちかくから吹き飛ばされた雪煙が、長く尾を引いて風下側にのびている。すると富士山頂の高度まで、偏西風が降りてきているのかもしれない。厳冬期のはじまりを、意識させる出来事だった。

後席の浅嶋《あさじま》兵曹が声をあげたのは、海岸線まで二万メートルを切ったときだった。あらたな電波源を、逆探知したようだ。富士山の中腹にすえられた広域電波警戒機ではない。そちらの電波は、かなり前から受信している。

航法の基点になる電波源だから、蔵川機の針路前方から外れることはなかった。浅嶋兵曹が報告したのは、それとは別の電波源と考えられる。おそらく野戦高射砲陣地に配備された射撃管制用電波警戒機だろう。

海岸線にそって防空部隊が布陣しているのであれば、距離は二万メートル以下と推定された。出力が意外に弱く捜索範囲が限定されているようだが、射撃管制の段階だからこの程度で充分らしい。標的である蔵川機の位置は、富士山の電波警戒機が把握している。

展開中の防空部隊は存在を秘匿するために、最後の瞬間まで電波警戒機の作動を控えていた。だがそれも、電波の発信を合図に解除された。間もなく上空を飛行する蔵川機に対して、砲撃が開始されるはずだった。

少尉は緊張に身をかたくした。これは実質的な陸海軍の合同演習だった。海軍機である蔵川機には陸軍規格の電波反照機が装備され、演習時の事故を回避していた。同様の事情から、防空部隊は実弾を発射しないと思われる。

発射動作だけを記録しておいて、あたえた損害の程度を判定することになりそうだ。煩瑣な手順が必要になるが、避けては通れなかった。上官のいうとおり危険はないものの、この瞬間にも地上では砲撃動作が開始されているのだ。

その事実は重く、つよい緊張をしいられた。

まだ遠く対空陣地らしき存在は確認できないが、標的として追尾されているのは実感できた。決して比喩ではなく、照準手の視線が感じられる。

それにもかかわらず、回避行動や反撃動作にうつれない。一定の高度と針路を維持したまま、直線飛行をつづけるだけだ。なんとも歯がゆいかぎりだが、実戦に際して必要な手順と考えるしかなかった。反撃ができなくとも、気迫で地上部隊を圧倒していたかった。

すぐに海岸線が視野に入った。眼を皿のようにして見渡したが、やはり陣地を思わせる構造物は確認できなかった。どうも妙だった。この高度からなら、陣地の適地は自然に見当がつく。というより砲の射界が確保できて、なおかつ偽装が容易な場所は限定される。

したがって地形の特徴を把握すれば、陣地の配置や構成が「みえて」くるはずだった。ところが前下方の海岸地帯には、それらしい地形がみあたらない。陣地構築の痕跡も、残っていなかった。先ほどは明確に感じた照準の気配は、ぬぐい去ったように消えている。

軽い眩暈を感じて、蔵川特務少尉は身ぶるいした。これは危険な兆候だった。高所の希薄な大気は、予想以上に少尉の判断力を低下させていたようだ。酸素の残量が気がかりで、流入量を低くおさえたのが裏目に出たのかもしれない。

ふるえる手で酸素の流入量を上昇させたあと、意図的に呼吸を深くゆるやかにした。音をたてて流れこんできた酸素は、急な減圧によって冷えきっていた。肺に送りこまれた混合気も、冷たく乾燥している。それでも血中の酸素濃度が、次第に増していくのがわかる。

その後の変化は劇的だった。すぐに体温が上昇をはじめ、心身をとらえていた懈怠感が取りのぞかれた。先ほどまで疑問に感じていた多くのことが、次第に明らかになっていく。思いこみが是正されて、事実が再構成されていった。

そして唐突に、少尉はすべてを理解した。陸軍の野戦高射砲部隊ではなかった。陸海軍の合同演習でもない。殺気にも似た気配は、海軍艦艇が発していたようだ。照準されている感覚は、消えずに残っていた。

ただし砲の位置は海岸地帯ではなく、眼下の洋上らしかった。気になって下方に眼をむけたが、機体の下に入りこんでいるのか視認できない。ただ富士山でB29を釣るという発想は、間違っていなかった。蔵川特務少尉はたずねた。

「逆探知した射撃管制用の電探は、海軍の周波数帯を利用していたのか」

最初にたしかめるべきだったと、少尉は考えていた。疲労と高所の酸素不足が重なって、その余裕をなくしていたようだ。普通なら容易に気づくことだった。陸軍の野戦高射砲部隊がいくら機動性にすぐれていても、対空火器を強化した海軍艦艇の比ではない。

防空駆逐艦一隻を待機させるだけで、かなりの戦果をあげられるのではないか。そう思ったものの、口には出さなかった。浅嶋兵曹は黙りこんでいる。質問の意味が理解できないのか、当惑した様子が伝わってきた。

それも当然で「電探（電波探信儀）」は海軍の呼称だった。したがって蔵川特務少尉の問いかけは「海軍の兵器は海軍仕様だったか」と同

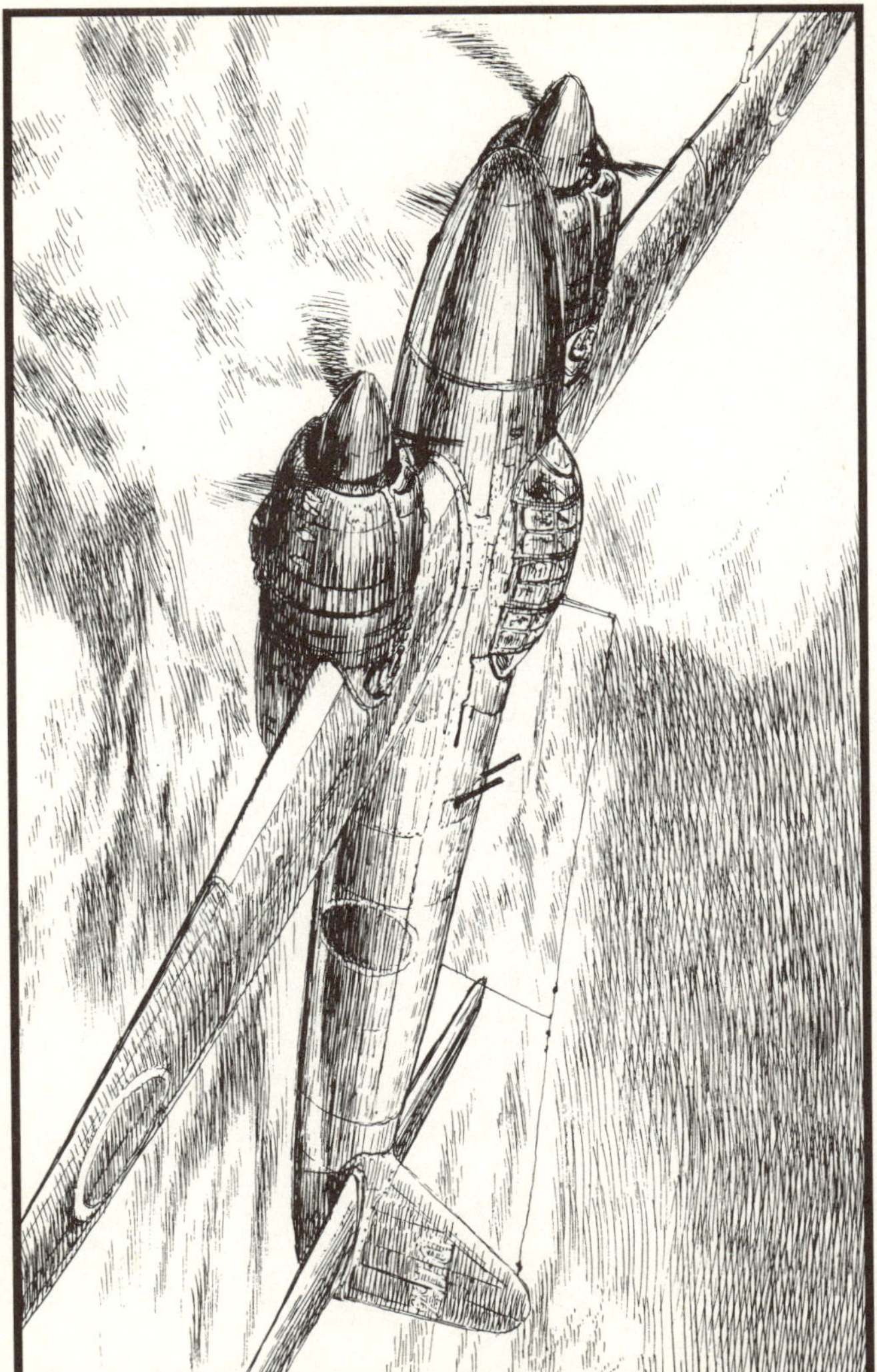

夜間戦闘機　極光

様の意味になる。少尉はわざとらしく咳払いをした。兵曹が沈黙しているのをいいことに、あらためて質問し直した。

「位置はどのあたりになる。視認できるのか」

「左舷前下方の海上を、東方にむけて航行中……。速度は艦隊基準速力程度。ただ……ここからは航跡しか確認できません。艦自体は左舷発動機と主翼の下方に隠れています。操縦席からの視野も、大差ないはずです」

今度は間髪をいれずに、返答があった。蔵川特務少尉は指示された方角を注視したが、プロペラの回転面が邪魔で航跡さえも明瞭にみわけられない。それに気づいたときには、体が反応していた。機体をわずかに傾けて、機首を左舷側にふった。

次の瞬間、蔵川特務少尉と浅嶋兵曹は同時に声をあげた。駆逐艦などではなかった。主翼のかげから姿をみせたのは、戦艦なみの規模を有する艦だった。この高度から見下ろしてさえ、堂々たる艦容が識別できる。

「あれは……陸奥のようですね。てっきり解体されて、鉄砲弾《だま》の材料にされたのだと思っていたが——」

いちはやく双眼鏡を手にした浅嶋兵曹が、感慨ぶかそうにいった。そのときには、蔵川特務少尉も大艦の正体に気づいていた。かつては世界の七大戦艦と称され、姉妹艦の長門とともに連合艦隊の主力をなしていた戦艦「陸奥」に間違いなさそうだ。

その陸奥が瀬戸内海で停泊中に爆発事故を起こし、あわや海没しかけたのは一年半ほど前のことだ。角度が悪くて識別は困難だが、事故の傷跡はいまも残っているようだ。連装四基の主砲塔は一基もみあたらず、短い一本煙突と二群の艦橋構造物が残されている。

つまり事故直後に実施された救難行動や、現地の工廠による応急修理の段階から進展していないことになる。そんな印象を持ったが、それは少尉の早合点だった。浅嶋兵曹の報告と周辺情報を総合すると、陸奥はかなり大がかりな改装を受けた形跡があった。

もっとも大きな変化は、対空兵装の充実らしい。主砲塔が撤去された上甲板には、ぎっしりと発射機らしきものがならんでいる。対空兵装といっても高角砲や機銃の増設などはなく、大部分が構造の簡易な噴進砲の類でしめられているようだ。

次発装填装置も搭載されていると思われるが、甲板上に露出すると被弾した際に誘爆するおそれがある。被害時の生存性を重視するのであれば、防御態勢の充実した艦内に収納するべきだろう。

実際の構造は確認できないが、噴進砲の配置などから推測することは可能だった。おそらくケースメート式の副砲を廃止して、その跡地に予備の噴進弾を収納しているのではないか。これほどの大艦を投入したのに、最初の斉射だけで終わるとは思えない。

被害局限の方針は、艦橋構造物の変化にもあらわれていた。前後二個所にある艦橋構造物は、一見すると原形を維持しているかにみえる。ところが実際には、高さが原形の半分ちかくしかないらしい。予想される戦闘形態に、大きな変化があったからではないか。

戦艦同士が遠距離から撃ちあう砲撃戦は、過去のものになりつつあった。したがって水平線の彼方を航行する敵艦を早期に発見して、大量の主砲弾を撃ちこむ必要はなくなったといえる。その上に開戦以来の戦訓が、艦橋の簡易化を推しすすめていたようだ。

新造時には前後二個所の艦橋は、簡易なものだった。戦闘時に艦橋構造物が破壊され、甲板上に倒壊して二次的な被害を生じる可能性があったからだ。ところが度重なる改装の結果、構造が複雑化して倒壊の危険が再燃した。

その上に艦橋構造物の高層化によって、被弾による衝撃や振動が無視できなくなった。これは戦闘時の機器故障や、不具合の多発につながりかねない。だが陸奥の機能を対空戦闘に特化させれば、構造の簡易化を実現できる。

蔵川特務少尉は、わずかに機首を立てなおして針路を安定させた。一時的に視認できた陸奥は、ふたたび機体のかげに入りこんでいた。極光は海岸線をこえようとしている。富士山中腹に設置された広域電波警戒機までは、それほど遠くなかった。

このまま直進をつづければ、電波源の上空に到達した時点で標的機の任務は終了する。だが一回の航過だけで、演習が終了するとは思えなかった。侵入高度や針路を様々に変化させて、陸奥による攻撃動作を確認するのではないか。

そう考えたが、陸奥からは何の連絡もなかった。不審に思って浅嶋兵曹に陸奥の動きを報告させようとした。その矢先に、兵曹が声をあげた。陸奥から入電があったらしい。兵曹は戸惑った様子でいった。

「陸奥は演習を中止して、退避しつつある模様。減速して湾外に出ようとしています」

「退避だと？　敵があらわれたのか」

困惑が先にたった。状況は不明だが、陸奥に見捨てられたかのような気がした。

3

陸奥は煙幕を展張しつつ南下していた。

伊豆半島の西岸にそって、外海に出ようとしているらしい。速度を落としたものだから、航跡はかなり短くなっていた。その上に白濁した煙幕が艦体を包みこんで、識別を困難にしていた。これでは断雲の下にひそんでいるのとかわらない。

直前に視認していなければ、陸奥を発見することは困難だろう。しかも伊豆半島の錯綜した地形を後方に背負っているから、海上見張り電探で捜索しても明瞭な艦影はとらえられそうになかった。

それなのに、何があったのかわからない。陸奥は姿を隠して、遁走しつつあるようだ。蔵川特務少尉の極光を、指揮する気配はなかった。無我関せずというように、遠ざかりつつある。無責任な印象を受けるものの、命令系統からすれば陸奥の行動は正しかった。

蔵川特務少尉は陸奥の演習に協力しているだけで、指揮下に入っているわけではない。状況が変化すれば、協力関係は終了する。少尉に命令できるのは、三〇二空の上官だけだ。あるいは事前に取り決めがあったのかもしれないが、少尉には知らされていなかった。

――米軍の偵察機があらわれたのか。

その可能性は高かった。陸奥としては、手の内をさらしたくなかったのだろう。ここで搭載された噴進砲を発射すれば、駿河湾に侵入した偵察機は確実に撃墜できる。そのかわり存在を察知されて、以後の防空戦闘は格段に不利なものになるはずだ。

戦艦一隻を専用の釣り道具に改造したのだから、戦果が偵察機一機だけでは不充分なのだ。少なくとも一〇〇機をこえるB２９が殺到しなければ、意味がないと考えているのではないか。それでは米軍の偵察機は、どこにいるのか。

普通に考えれば、南の方角以外に考えられない。しかし目視による見張りでは、敵影らしきものは発見できなかった。富士山の広域電波警戒機は機影をとらえている可能性があるが、陸軍部隊と直接交信できる機材は手元になかった。

陸奥には情報が伝わっているかもしれないが、無線封止状態に入ったらしく電探すら作動させていなかった。それなら自分で捜索するしかない。ただし方法は限られている。極光には夜戦用の照準用電探が搭載されているが、昼間の捜索には使えそうになかった。

闇夜に撃ちあいをするための電探だから、探知範囲は限定されている。条件がいい場合でも、五千メートルをこえる程度だった。これでは広い範囲を捜索するのは無理だった。特に視力のいい搭乗員でなくても、数倍の距離で機影を発見できるはずだ。

残された方法は逆探知くらいだが、本土の間近に接近した米軍機が不用意に電波を発信するとは思えない。逆探知自体は有効な方法とはいえ、長時間にわたって複数の傍受要員を張りつけておく必要があった。とてもではないが、機上で可能な方法ではなかった。

それでも、放置する気はなかった。未明の戦闘哨戒では搭載火器を使用しなかったから、弾薬類は定数を満たしていた。兵装の整備も、いきとどいていた。敵情は不明だが、富士山あるいは陸奥の電探が、敵影をとらえたのは間違いない。

それなら、燃料のつづくかぎり待ち伏せするまでだ。そう考えた。長い時間は必要ない。電探の探知範囲ぎりぎりの地点で発見されたと仮定すれば、その距離を巡航速度で翔破するのに必要な時間は――。

「最大でも二〇分か……」

声に出していった。それが結論だった。無論、大雑把な推定値にすぎない。しかも双方が、高速で移動しつつある。蔵川機の存在に気づいた敵が反転するかもしれないし、さらに高度をあげて戦闘を回避することも考えられた。

――それとも……敵機など最初から存在しないのか。

状況を読み間違えて、実態のない敵機にふりまわされている可能性もあった。かといって、あとに引く気はなかった。すでに極光は、富士山の上空に達している。旋回動作にうつるつもりで、姿勢をわずかにかえた。その直後に、後席の浅嶋兵曹が声をあげた。

「南東に変針ねがいます。高度そのまま、全速」

切羽つまった言葉のせいで、体が先に反応していた。失速しない程度に機体を傾けて、指示された方位に機首をむけた。疑問を口にする余裕などなかった。そんな時間があれば、浅嶋兵曹は先に状況を説明するだろう。

蔵川特務少尉は細心の注意を払って、あらたな針路に移行した。強引な旋回だった。無茶な機動のせいで、高度がかなり落ちていた。旋回を終えて機体をたてなおしても、まだ不安定に揺れている。油断すれば現在の高度から、ずり落ちるのではないか。

細心の注意を払って、エンジンの回転をあげた。過給機を搭載していても、エンジンの回転数は思うように上昇しなかった。無理をすると負荷がかかりすぎて、エンジンが停止するかもしれない。祈るような気持で、失った高度の回復につとめた。

うっすらと雪をかぶった富士山麓の樹林帯を航過し、伊豆半島の上空に差しかかった。その先は、もう相模湾だった。陽光を反射してきらめく海原の先に、伊豆大島らしき陸地が横たわっている。

このあたりは厚木の基地からも近く、訓練や戦闘哨戒で何度も飛来している。勝手知った海域といえるが、蔵川機の他に機影は見当たらない。富士山とは別系統の広域電波警戒機も配備されているから、敵影を確認すれば即座に対応するはずだった。

「変針の根拠は？」

余裕が生じたものだから、先ほどからの疑問を口にしていた。気がかりな点が、あったからだ。酸素瓶の残圧が、あとわずかになっていた。供給量を低下させてはいるが、一〇分もすれば底をつく。

それ以後も高々度にとどまろうとすれば、かなりの覚悟が必要だった。非常によく訓練された登山家であれば八千メートルをこえる高所で一昼夜の行動が可能だというが、航空機搭乗員の場合は状況がかなり違ってくる。

高々度を飛行中に酸素の供給がたたれると、意識の混濁や一時的な視力の低下などを引き起こす。そのまま放置すれば、死にいたることもありえた。危地を脱したとしても、重い障害が残ることが多い。

そのような事態を回避するには、酸素供給が停止する前に高度を落とすしかない。高々度に体が慣れていれば多少は余裕があるものの、それにも限度があった。酸素が供給されなくなってから、一分以内に高度四千メートル以下まで降下するのが原則だった。

したがって今後の行動は、それを前提に決める必要があった。浅嶋兵曹の指示どおりに飛行をつづけても、敵機と遭遇するのが二〇分後では意味がなかった。一〇分間ですべての行動を終えて、高度を落とさなければならない。

蔵川特務少尉としては、かなり切羽つまった状況だった。浅嶋兵曹の返答次第では、戦闘を断念して基地にもどるつもりでいた。ところが浅嶋兵曹の返答は、拍子抜けするほど緊張感を欠いたものだった。兵曹は世間話をするような口調でいった。

「放送電報の入電がありました。定時の情報電ではなく、軍令部がそのつど送信する特定個別情報のようです。本文には米軍偵察機の飛行経路と、今後の行動予測が記されていました。状況からして、我々が待ち伏せしていた敵機に間違いなさそうです」

その予測をもとに、接敵針路を設定したらしい。浅嶋兵曹によれば、富士山の周辺で待ち伏せしても空振りに終わる可能性が高いという。敵機が富士山をめざして飛来したのは事実だが、本土の沖合で転針して東にむかった形跡があったからだ。

おそらく本土上空には侵入せず、海岸線と一定の距離をとって洋上から偵察をおこなうのではないか。陸軍の広域電波警戒機群をはじめ、隙間なく張りめぐらされた早期警戒態勢の情報を収集するためだ。

米軍はマリアナ諸島をめぐる航空戦でも、電子戦に特化したB29を投入してきた。損害も多かったというから、本土の偵察では慎重になっているのかもしれない。充分な情報が収集されるまでは、本土上空への侵入は控えているのではないか。

「あやしいな……。偽電ではないのか」

思わずそんな言葉を口にしていた。常識的に考えれば、ありえない話だった。軍令部が現地部隊の指揮官や艦隊司令官にあてた情報電は、たしかに存在する。毎日おなじ時間帯に発信されるから、定時の情報電と称されていた。

ただし情報電の本文は、普遍性のある戦略情報にかぎられている。特定の部隊にあてた戦術情報は、あつかわれることがなかった。本来は軍令部の情報収集と分析評価をあつかう部署からの報告を、前線の部隊や艦隊に伝えるための電文だからだ。

したがって戦域ごとの情報を発信するのは、本来の業務からかけ離れていた。それ以前に煩雑になりすぎて、収拾がつかなくなる。戦術情報の収集と分析は、現地部隊や艦隊が担当するのが建前になっていた。

「発信者と受信者の呼出符号は、どうなっている。明記されていたのか」

不機嫌さを隠そうともせず、蔵川特務少尉は問いただした。それらしく書式をととのえただけの偽電であれば、呼出符号が間違っている可能性が高い。無意味な文字列が埋めこまれているか、空白になっているのではないか。

そう考えたが、浅嶋兵曹の返答に迷いはなかった。呼出符号が正確であることを伝えたあと、きわめて現実的な言葉で少尉の疑問にこたえた。

「そろそろ機影が視認できるはずです。予想どおりの位置に敵機があらわれたら本物、影も形もなければ偽電と判断しませんか」

蔵川特務少尉は黙りこんだ。単純明快な判断基準に、異議をとなえることができなかったのだ。無論、浅嶋兵曹の論理には矛盾点がいくつもある。本物の情報電であっても、航法誤差が大きければ敵機と遭遇するのは困難だった。

逆に偽電だったとしても、偶然が重なれば敵機を発見できるかもしれない。なんらかの錯誤や気象条件の急変によって、敵機が蔵川機の射線内をよぎる可能性もあった。さもなければ待ち伏せを前提に、偽電が発信されたのだとも考えられる。

それにもかかわらず、浅嶋兵曹の論理には説得力があった。というより、少尉の心を引きつけた。逡巡するよりは、全力で突入したかった。もし敵に騙されたとしても、切り抜けることは可能であるはずだ。むしろ戦訓として、今後の戦闘に役立てることができる。

それが結論だった。蔵川特務少尉は姿勢をただして、上空に眼をむけた。視力には自信があった。その上に、強固な意志があった。何があっても見逃すまいと自分にいいきかせて、丹念に捜索をつづけた。

成果はあった。少尉の視線が、一点に集中した。かすかな航跡雲が、右舷側の空にあらわれていた。高鳴る鼓動を押さえ込むようにして、その雲を注視した。双発機の編隊ではなかった。緊密で不動の航跡雲からして、四発機のようだ。

眼をこらすまでもなく、四条の筋がみわけられた。あれがB29かと、少尉は思った。四発の重爆撃機で日本本土ちかくに進出できるのは、いまのところボーイングB29以外に存在しなかった。

4

どうやら情報電は本物らしい。

B29の動きを読みとるうちに、蔵川特務少尉はそのことを確信した。浅嶋兵曹の論理を、持ちだすまでもなかった。記載されていた敵機の情報は、決して多くはなかったが正確だった。高度や針路などの実測値は、いずれも記述と一致していた。

ただし受信したのは一度だけで、発信者は不明のままだった。不確かな情報源だが、影響は無視できなかった。機影を視認できた以上は、何があっても撃墜するつもりでいた。接近するにつれて明瞭さをます航跡雲の先端部を、狙撃すればよかった。

攻撃の手段としては、通常兵装の機銃は不向きだった。悠々と上空を飛行するＢ29は、一万メートルをこえる高度を飛行している。距離感が曖昧で正確な高度は把握できないが、一万一千メートルに達している可能性もあった。

これでは高度差が大きすぎて、射程内に接近するのは困難だった。極光の高度は八千メートルを下まわっているから、攻撃圏内に上昇する前に酸素の供給が停止する。それどころか、追いつくこともできないまま引き離される可能性もあった。

夜間戦闘機である極光には、二挺の二〇ミリ機銃が装備されていた。風防後方の胴体内に、機体首尾線に対して上方三〇度の角度で固定搭載されている。つまり斜銃二挺があるだけで、前方固定機銃などは装備していなかった。

原型の銀河では偵察員席だった機首部分の空間には、夜戦用電探と空中線が搭載されている。前方機銃を積みこむ余裕はなかったともいえるが、無理をして搭載しても実用性はなかったと思われる。

単座の戦闘機にくらべて機動性のおとる極光では、前方機銃を使うような局面はあらわれなかったはずだ。優速を利して後下方の死角から忍びより、斜銃を撃ちあげて離脱するのが現実的な戦い方といえる。

だが現実のＢ29は、斜銃でさえも攻撃は困難だった。残された攻撃手段は、翼下の呂式三号爆弾だけだ。爆弾と称しているが、実際にはロケット推進の噴進弾だった。極光が搭載する際の定数は、通常は四機とされている。

蔵川機には胴体ちかくの内翼に一機ずつ、あわせて二機が搭載されているだけだ。戦況の激化によって急速に需要が増大しているのに、供給が追いつかないのが現状だった。ただでさえ生産が遅れているのに、通常の火砲にくらべて噴進弾は火薬の消費量が多かった。

そのせいで品不足が深刻さをましていた。しかし生産体制が確立されれば、有力な兵器になるはずだ。原則的に無誘導だが、いずれは航空機発射型の噴進弾にも誘導装置が搭載されるだろう。

噴進弾の本体に制限がない地上発射型の奮龍4型には、すでに誘導装置が組みこまれていた。現状では無誘導状態で発射するしかないものの、近接信管が組みこまれているから破壊効果の増大が期待できた。

作動原理は鹵獲された米軍のVT信管とおなじだが、信頼性は充分とはいえず誤作動も多かった。まだ改善の余地があるものの、一応は実戦にたえうるとして部隊配備がはじまっている。改良を重ねて信頼性が向上すれば、有力な対空兵器になるだろう。

「呂式三号爆弾用意。両舷同時攻撃とする。弾道仰角は既定、信管は近接優先、時限を次位で作動させる」

急速に接近する機影をにらみながら、兵装担当の浅嶋兵曹に伝えた。噴進弾の諸元は離陸後も調整が可能だが、通常は既定の数値を維持したまま発射することになる。もっとも使用頻度が高い数値を既定にして、機内からの操作を省略するのだ。

蔵川特務少尉が設定した既定の弾道は、機体の前上方三〇度の角度を維持して直進するものだった。つまり斜銃と同一の弾道を、たどることになる。したがって照準器も、機銃のものが流用できた。

照準器といっても簡易なもので、風防のガラス面に予想弾道を描いてあるだけだ。実戦では照準器で大雑把に狙いをつけておいて、曳光弾の軌跡をみながら弾道を修正することになる。

呂式（ロケット）推進で飛翔する三号爆弾は、弾道が直線的に延伸するから発射後の修正は必要ない。というより発射してしまうと、修正は不可能だった。ことに標的までの距離や高度差が大きい場合は、飛翔時間が長くなって風の影響を受けやすくなる。

その間に敵機も移動しているから、誤差はさらに大きくなった。かといって、機上で複雑な照準装置を操作するのは困難だった。開発する余裕もない。近接信管による弾頭の起爆は、この問題に対するひとつの回答といえた。

基本的に呂式三号爆弾による攻撃は、命中および触発を期待しない。最接近時に信管が作動して弾頭が爆散し、破片群の網を広げて標的を破壊することになる。つまり一発必中の狙撃銃ではなく、数で圧倒する散弾銃に似ていた。

艦船に搭載される高角砲も原理はおなじだが、起爆は時限信管による。このため標的の高度を読み違えると、見当ちがいの位置で爆散しかねなかった。あきらかに近接信管の方がすぐれているが、日本軍には砲弾に電子回路を封じこめる技術はなかった。

呂式三号爆弾には、近接信管と時限信管の両方が搭載されていた。通常は近接信管が優先され、一定の時間がすぎても起爆しなければ時限信管が作動する。地上に落下して、事故が発生するのを防ぐためではない。米軍による残骸の回収を、困難にするためだ。

日本軍による近接信管の実用化を、米軍に知られてはならなかった。もしも米軍が事実を把握すれば、全力で対抗策を完成させるはずだ。日本製の近接信管は模倣にすぎず、米軍は弱点を知りつくしている。

戦術や運用で近接信管を無効にすることは、米軍にとってそれほど困難ではないと思われる。だから証拠を、摑まれてはならなかった。いつまでも隠しておけるものではないが、できるかぎり長く機密を守り通さなければならない。

そうすれば時間が稼げる。技術者たちが、次の一手を完成させるための余裕が生じる。だから発射した呂式三号爆弾を、不発のまま落下させるのは厳禁とされた。たとえ海上に落下した場合でも、残骸を敵に回収される危険は排除できないからだ。

わずかな時間のうちに上空の機影は大きく、そして明瞭になった。眼下の極光に気づいていないはずはないが、無視するかのように直線飛行をつづけている。高度差が三千メートル近くあるものだから、攻撃は不可能だと判断したのかもしれない。

——伊豆大島の南方海上を通過して、房総半島の東側にまわり込むつもりか。

眼下の海上に点在する島々と、現在の針路からそう見当をつけた。極光の存在は歯牙にもかけていないものの、攻撃する側にとっては格好の獲物といえる。はるか上空を悠々と飛翔する姿は、敵ながら美しく力強かった。

無防備すぎて拍子抜けするほどだが、手加減をするつもりはない。それに呂式三号爆弾の正体は、何があっても知られてはならなかった。発射するからには、一人の生存者も残さずに敵を殲滅する気でいた。

失敗は許されない。そう自分にいいきかせて、敵との間合を測った。このときまでに少尉の極光は、ゆるやかに機首をめぐらせて敵機と針路を一致させていた。エンジンの出力は不足気味だが、無理をして高度をあげる必要はなかった。

少尉の極光には定数の弾薬ばかりではなく、機外に二機の呂式三号爆弾を搭載している。再出撃から時間がすぎていないものだから、燃料はそれほど減っていなかった。機体が重すぎるものだから、一万メートルをこえる高度に達するのは不可能ではないか。


酸素の残量も気がかりだった。酸素瓶の残圧は、とうに危険領域まで落ちている。先ほどから頭の芯が重く、手足の先が妙に冷たい。まだ少し酸素の供給はつづくはずだが、吸気ホースがつまっているかのように呼吸が重苦しい。

状況は最悪だったが、追跡を断念する気はなかった。あとほんの数十秒で、双方の位置関係が最適になる。前上方に位置する敵の機影が、呂式三号爆弾の終末弾道と重なるはずだった。それまでの辛抱だと考えて、じっと時間がすぎるのを待った。

長すぎる待機のあと、ようやく好機がきた。後席の浅嶋兵曹に声をかけて、ジャイロの始動と安全装置の解除を命じようとした。それが終われば、あとは蔵川特務少尉が点火の操作をおこなうだけだ。すべての手順は、一〇秒前後で終了する。

そう思った。その直後に、声が割りこんだ。

「前上方の敵、右旋回します」

少尉は耳を疑った。浅嶋兵曹だった。双眼鏡で補助翼の動きをとらえたようだ。すぐにB29の巨体が傾斜した。右主翼をすっと落として、機首をめぐらせている。房総半島の沖合に進出するという予測は外れた。偵察行を切りあげて、マリアナ諸島の基地にもどるらしい。

次の瞬間、胸にするどい痛みが走った。激しい動悸で、眼を見開いているのも辛かった。じわじわと痛みが全身に広がっていく。ついに酸素の供給が停止したらしい。それでも攻撃を、放棄する気はなかった。

口と鼻をおおっていた呼吸補助具をかなぐり捨てて、大きく息を吸いこんだ。肺に空気は入ってくるものの、いかにも希薄で酸素の量がとぼしかった。その上に冷えきって、乾燥している。肺の奥まで凍りつきそうな寒気が、体の中心部に居座っていた。

深呼吸をくり返すうちに、なんとか行動の自由を取りもどした。浅嶋兵曹と声をかけあって、失われそうになる意識をつなぎとめた。上空のB29は旋回を終えたらしい。傾いた機体をたてなおして、新しい針路に機首をむけている。

南だった。やはり偵察行を終えて、基地にもどるようだ。極光は以前の針路を維持したまま、急速にB29から離れていく。急ぐべきではなかった。生存性を優先した設計のせいで、極光の操縦性は決して良好とはいえない。

銀河から受けついだ癖といえるが、四発重爆のB29よりはまだしも軽快だった。B29の大きな動きに幻惑されて転舵を急ぐと、攻撃の機会を失しかねない。はやる気持をおさえこむようにして、次の好機が来るのを待った。

その瞬間は、唐突にやってきた。危ないところだった。もう少し遅ければ、二人とも失神していたはずだ。かろうじて覚醒していた蔵川特務少尉の視野に、呂式三号爆弾の予想弾道が明瞭にみえた。上空にむかって延伸された予想弾道の先端は、Ｂ２９の針路と重なっていた。

——食える。

直感だった。疑いの余地はない。少尉は浅嶋兵曹に最後の操作を命じ、その終了を確認したあと両舷の呂式三号爆弾に点火した。

5

発射の衝撃は、一瞬の間をおいて伝わってきた。

熱い衝撃だった。断熱処理を施してあるものの、発射にともなう熱流を遮断することなど到底できない。操縦席全体が炙られたかのようで、きな臭いにおいが立ちこめている。計器類の表面をおおっていた氷の塊が、熱でとけたらしい音をたてて床に落ちた。

高々度飛行を長時間つづけたものだから、いたるところで結露がおきていた。発生した霜で機能を失っていた機器が、つかのま息を吹き返した。だが発射にともなう熱は、長つづきしない。締めつけるような寒気から解放されるのは、もう少し先のことになるはずだ。

蔵川特務少尉の予想はあたった。機体の下から呂式三号爆弾が姿をみせたときには、もう最初の寒気が機内に侵入していた。時間差をおいて発射された二機の飛翔体は、極光から離れたところですっと沈みこんだ。

ほとんど排煙を噴出していないが、これは出力不足によるものではない。飛翔中の機影をめだたなくするために、推進薬を調整してあるだけだ。後方に噴射された熱気は、明瞭に視認できる。熱気によって発生した陽炎で、飛翔体の機影がゆらめいてみえた。

だがそれも、すぐに周囲の寒気に呑みこまれた。一度は沈みこんだ飛翔体が、徐々に高度を回復していく。加速によって揚力をえたらしく、短時間のうちに高度を回復して極光とならんだ。


ただし敵機との高度差は、まだ三千メートルあまりある。

先ほど機内を満たしていた熱気は、とうに去っていた。融けかけていた手足の先端部分が、ふたたび凍結をはじめたようだ。これ以上、この高度にとどまるのは危険だった。指先はすでに感覚をなくしている。早急に処置しなければ、壊死を起こして脱落しかねない。

即座に降下したいところだが、せめて初期の弾道だけでも見届けたかった。そう考えて、遠ざかりつつある飛翔体を注視した。予定どおりなら、間もなく弾道は次の段階に入る。このときの転舵に失敗すれば、敵機に肉薄することなど思いもよらない。

変化は唐突に起きた。水平線にむけて飛びつづけていた二機の飛翔体が、機首を持ちあげたのだ。いかにも強引で、力まかせの転舵だった。それにもかかわらず、弾道は安定していた。内蔵されたジャイロが、姿勢を安定させていた。

二機は時間差をおいて、次々に急上昇をはじめた。前上方三〇度の仰角を維持したまま、なおも加速しながら蒼空のただ中を突き進んでいく。すぐに機影は、群青色の空にとけ込んで消えた。弾道の先端は、敵機の未来位置と重なっている。

起爆の瞬間を確認したかったが、さすがにこれ以上は無理だった。ただちに降下しなければ、取り返しがつかなくなる。

「降りるぞ。できるかぎり追跡をつづけろ」

浅嶋兵曹に命じておいて、少尉は機体を降下させた。エンジン出力をしぼって機首を落とし、眼下の海面にむけて深い角度で降下していく。

その間にも、あえぐように息を吸いこんでいた。それなのに、状況は一向に好転しない。頭の中に鉛でも押しこまれたかのようで、まともな思考ができなかった。あいかわらず空気は薄く、呼吸が楽にならない。電熱服は火傷しそうなほど熱いのに、体の芯は冷えきっている。

いっそのこと、急降下に移行しようかと思った。だが、いまの状態で強行するのは危険すぎた。引き起こしの時機を誤って、海面に突っこみかねない。次の行動にうつれないまま、高度計の表示をたしかめた。駄目だった。視野が暗く沈んで、数値が読みとれない。

痛みを感じるほど眼を強く擦って、もう一度たしかめた。今度は読みとれた。ところが表示されていたのは、とんでもない数値だった。高度七千メートル台を、飛行していることになっている。ところが感覚的には、五千メートル台まで降下しているはずだった。

八千メートルからの緊急降下は、過去に何度も経験していた。希薄な大気のせいで判断力が低下していても、感覚にずれが生じることはない。いったい何が、起きているのか。状況が把握できないまま、さらに降下をつづけた。

そのときになって、声を耳にした。悲痛な叫び声だった。それなのに、意味がわからない。あまりにも遠くて、聞きとれなかった。失神しかけているのかと、少尉は思った。その直後に、いきなり声が大きくなった。浅嶋兵曹だった。明瞭な声で、兵曹は叫んだ。

「陰圧がかかっています。ただちに上昇してください！」

蔵川特務少尉は、とっさに機をたてなおした。降下を停止して、水平飛行に移行した。実際の高度は、三千メートル付近にまで落ちているらしい。これに対して計器の表示は、ようやく六千メートル台に入ったところだった。

妙な圧迫感があると思ったら、風防がわずかに変形していた。接合部分の緩衝材が圧縮されて、機内が密閉状態になったらしい。その上に飛行中の寒気流入をふせぐために、操縦席周辺の隙間はふさいであった。そんな偶然が重なって、外気が流入しなくなったのだ。

高度計の表示が不正確だったのは、そのせいだ。気圧と連動して高度を測定する機器だから、現実から逸脱した数値しか表示しなかった。あのまま降下をつづけていたら、陰圧に耐えきれず風防が圧壊していた可能性があった。

ためしに風防を定位置からずらして、外気を取りいれようとした。駄目だった。満身の力をこめてみたが、髪の毛ひと筋ほどの隙間も開かない。無理をすれば、風防ガラスが粉微塵に砕けそうだった。

かといって外気の自然流入を、待っている余裕はない。放置しておけば内外の気圧差はいずれ解消するが、それまで意識が保たないだろう。浅嶋兵曹のいうように、上昇して陰圧を解消するべきかもしれない。

だが蔵川特務少尉は、あえて上昇する気にはなれなかった。いまから上昇していたのでは、とても間に合わない。かりに気圧差がなくなっても、風防が開かない可能性があった。現状を維持して気圧の上昇を待つのが、最善の選択ではないか。

そう結論を出した。座して待つ気はない。さしあたり機体に負荷をかけて、隙間を広げようとした。その矢先に、異音を耳にした。きしむような音の直後に、何かが破裂したような音が重なった。耳の奥に鋭い痛みが走り、違和感が急速に広がっていく。

違和感の原因に気づいたときには、視野が白濁していた。流入した外気が、断熱膨張によって結露したようだ。だがそれも、長くはつづかないはずだ。すでに高度計の表示は、三千メートルを下まわっている。流入した濃密な大気が、機内の霧を拡散させていく。

かすかに潮の香りがする外気を、むさぼるようにして吸いこんだ。際限なく肺に送りこんで、ふいごのように吐きだした。いくら呼吸をくり返しても、満たされることがなかった。深呼吸をつづけるうちに、手足の先が疼きはじめた。

血流が停滞していたものだから、手足の先や鼻梁が凍結しかけていた。酸素をたっぷり吸収した血液が循環して、凍りついていた組織を解かしはじめたらしい。すぐに疼痛は激痛にかわった。痛みに耐えきれないまま、声をあげそうになった。

みられた様《ざま》ではないが、結果は満足できるものだった。生きているからこそ、痛みを感じることができる。傷ついた体の回復も、実感できた。もし機上で戦死していたら、痛みを感じることもなく消え去るだけだ。

「標的を視認できません。雲に隠れたらしい」

ようやく見張りに復帰した浅嶋兵曹が、上空に双眼鏡をむけたままでいった。蔵川特務少尉にとっては、予想外の事態だった。不審に思って頭上に眼をむけると、たしかに靄のような雲が広がっている。

上空からでは、存在に気づかないほどの希薄な雲だった。ただ陽光に照らされた海面から、大規模な上昇気流が発生しているらしい。雲塊の核心部あたりでは、急速に視野が閉ざされていた。これでは呂式三号爆弾による攻撃の効果も、判定できない。

他に選択の余地がないまま、機載の接敵用電探を作動させた。夜戦時の使用を前提に開発された電探だが、雲ごしの攻撃にも有効だった。探知範囲は限られているものの、信頼性は高く使い勝手もよかった。

ところが捜索をはじめてすぐに、蔵川特務少尉は困惑することになった。二機分の機影が、画面上に表示されたのだ。一機は極光の前上方を、遠ざかりつつあった。高度差が大きく、いまにも探知範囲から外れようとしている。

反応の強さからして、大型の多発機と考えられる。おそらく攻撃したＢ２９だろう。電探の画面からは、針路や高度などは読みとれない。ただ安定した飛行状況からして、攻撃の効果はなかったようだ。

そのことに少尉は落胆したが、詳細な状況をたしかめる方法はなかった。その余裕もない。二番めの機影が、驚くほど近くを飛行していた。しかも極光にむけて、急接近してくる。敵ではありえなかった。単発機らしく、Ｂ２９にくらべて反応は弱かった。

蔵川特務少尉は操縦席から身を乗りだすようにして、左舷側の空に眼をむけた。第二の機影を探したが、濃密さをました雲のせいで視認できなかった。少尉は迷うことなく、高度を落とした。

降下して雲の層を抜けださなければ危険だった。接近しすぎて、衝突するかもしれない。電探の表示をたしかめながら、雲の中を降下していく。高度二千メートルあたりで、雲の底を抜けた。機影は予想どおりの位置を飛行していた。

「零式三座水偵……。陸奥の搭載機らしい」

いちはやく双眼鏡をむけた浅嶋兵曹がつげた。そのときには蔵川特務少尉も事態を把握していた。目視で所属部隊を見分けるのは困難だが、敵味方の識別は可能だった。おそらく陸奥が煙幕を展張する以前に発艦して、情報の収集と中継にあたっていたのだろう。

――すると戦術情報を送信してきたのは、あの水偵……。

他の可能性は、考えられなかった。三座で高い通信能力があれば、無線封止中の陸奥にかわって迎撃戦闘の空中指揮がこなせる。無論これは、容易なことではない。それでも水偵は対応した。おそらく以前から、研究と訓練を重ねていたのではないか。

本土防空戦にかける彼らの意気込みを、垣間みた気がした。だが傍観者でいられたのは、短い時間でしかなかった。すぐに蔵川特務少尉は、当事者の立場に引きもどされた。入電があったらしく、浅嶋兵曹は黙りこんでいる。受信音だけが伝わってきた。

嫌な予感がした。発信したのは、零式三座水偵と思われる。無線電話が通じそうな距離なのに、あえて電信を打電したのは傍受される可能性があるからだ。簡易な符丁を使った電文でも、敵に傍受される危険は回避できる。

——すると送信されてきたのは、撃ちもらしたB29の針路か。

直感だった。その上に、先ほどの予感が重なった。伝えられた事実は、予想を裏づけるものだった。陰気な声で、浅嶋兵曹がつげた。

「標的の現在位置と針路です。被弾しているようですが、戦闘力は低下していません。どうしますか？　我々の手に余るようなら、硫黄島の航空隊に加勢を頼む意向のようです」

「被弾、だと？　水偵が戦果を送信してきたというのか」

事情がわからないまま、少尉は問いただした。必殺の呂式三号爆弾を、敵はあっさり回避したものと思いこんでいた。ところがB29は、深刻な被害を受けたようだ。しかし追撃をかけるのであれば、一万メートルをこえる高度まで上昇しなければならない。

　持ちこんだ酸素は、とうに底をついている。もういちど攻撃してこいといわれれば、戦死を覚悟で突っこむしかなさそうだ。逃げる気はなかった。手負いの敵を、生きたまま返すわけにはいかないのだ。

　悲壮な覚悟で、少尉は決意を伝えた。ところが兵曹は、意外なことをつげた。敵機は被弾のあと高度五千メートルまで降下し、なおも高度を落としつつあるという。状況からして、機内の与圧隔壁が破壊されたようだ。

「戦果については、何の連絡もありませんでした。ただ……電文の末尾に『極光による空中雷撃、見事なり』と追伸がありました」

　視野の端で、何かが動いていた。零式三座水偵だった。鈍重な機体をぎこちなく傾けて、主翼をふっている。「見事なり」という言葉が、急に重さをました気がした。ここに至るまでの、あらゆる苦労は報われたようだ。

　だが、気を抜くことは許されない。あらたな針路に乗った極光は、標的の未来位置にむけて加速を開始していた。

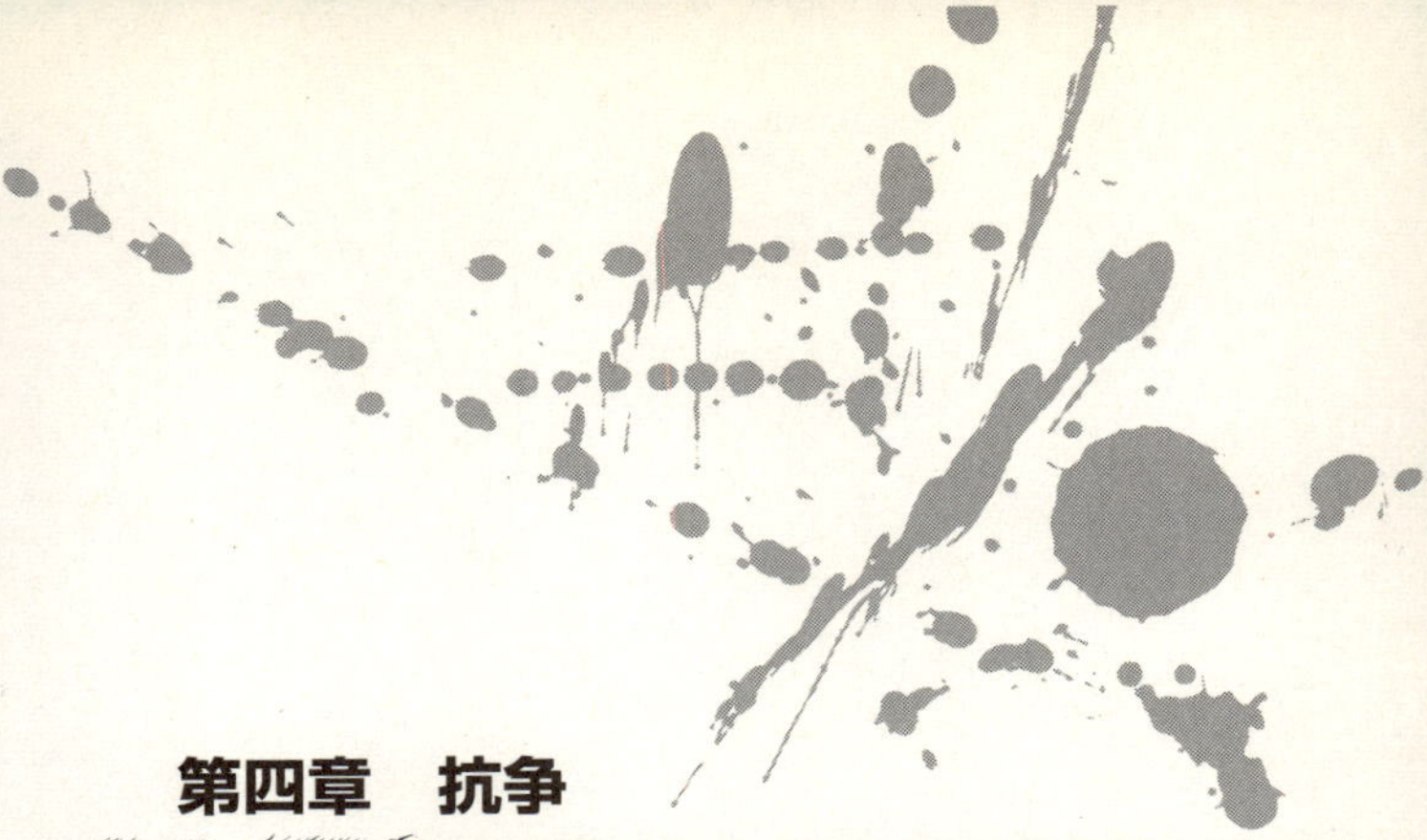

第四章　抗争

1

各務大佐には、信念などないらしい。

大佐の行動を律しているのは、凄まじいばかりの権勢欲だった。他のことは眼中になく、関心も持っていない。その上に我《が》がつよく、周囲の意見に耳を傾ける度量がなかった。わずかでも異なる意見を耳にすると、信じられないほど攻撃的になる。

大佐にとって主張のずれは、あってはならない重大事のようだ。もしも異論を認めたら、歯どめがなくなる。次々に妥協をしいられて、自分自身の存在さえ否定されかねない——そう考えているようだ。

おそらく参謀本部における熾烈な競争が、人格を破綻させてしまったのだろう。各務大佐の内面を知るにつれて、陣内少佐はその思いをつよくした。陸軍の参謀本部は海軍軍令部とならんで、日本でもっとも優秀な頭脳集団といわれている。

　当然のことながら肉体的にも頑健でなければならず、過酷な戦闘がつづいても判断力が低下することはない。現役軍人の中から特に成績優秀な人材を選抜し、最高水準の高等教育を受けさせている。

　日本が難局に直面したときには、正確な情勢判断で進むべき道を示すことになっている。ところが各務大佐の情勢判断は、間違っていることの方が多かった。左遷の時期が遅すぎたとしか思えないが、これまで大佐は巧妙に立ちまわってきた。

　本来なら腹を切るしかない状況でも、責任転嫁によって保身に成功してきた。とはいえ周囲にいるのは、いずれも選りすぐりの俊秀だった。ほんのわずかでも油断すれば、たちまち足をすくわれる。そんな切羽つまった思いが、大佐の内面を蝕んでいたのではないか。

　見方をかえれば大佐の横暴かつ非常識な行動は、本能的な自己防衛のあらわれと解釈することができる。繊細な一面も持ちあわせているようだが、間近にいると迷惑きわまりない。その上に危険な人物といえた。

　各務大佐は一貫して水際防御を主張していた。ただし理論的な裏づけがあったわけではない。単なる抗争の道具として、硫黄島の戦闘を利用しているだけだ。小笠原諸島はもとより、日本本土の防衛すらも手札として使われている。

したがって日本本土の防衛計画が破綻しても、大佐は痛痒《つうよう》を感じることがない。それよりも重要なのは失われた名誉の回復であり、一度は放逐された参謀本部への復帰だった。さらに私的な報復が、これに加わることになる。

各務大佐にとって硫黄島の防衛戦闘は、参謀本部復帰の足がかりにすぎなかった。強引な手を使って水際防御を押し通そうとしたのは、めだつ形で手柄をたてるためだ。栗林中将の意向に反して自説を押し通し、水際で米軍を撃退すれば参謀としての評価は高まる。

そしてその実績を手土産に、参謀本部への返り咲きをねらっているらしい。厄介なことに各務大佐は、硫黄島守備隊の将校団とも連絡を取りあっていた。本来は接点などないはずだが、水際防御を選択すべきだという点では一致していた。

その現実が、各務大佐を勢いづかせた。既成事実によって反論を封じる常套手段を、今回も使う気らしい。非現実的で甘すぎる見通しといわざるをえないが、大佐はそのことに気づいていない。それどころか、日本を救う唯一の方法だと強弁している。

各務大佐がかかわった地下陣地は、動機の点は別にしても欠陥だらけのひどいものだった。滑走路が無傷なのに落盤が起きたことは、その有力な証拠といえる。こんな実用に耐えない陣地をいくら構築したところで、手柄にはならないだろう。

まして参謀本部への復帰など、絶対にありえなかった。崩落の危険がある陣地ひとつを構築したところで、敵上陸部隊の侵攻は食いとめられない。さすがに各務大佐も、そのことは否定できなかったようだ。

さもなければ、飛行場から崩落現場に直行することはない。各務大佐としては現状を視察した上で、方策を考えるつもりだった。ところが現実の被害は、想像以上に大きかった。現場で耳にした各務大佐の言葉には、そんなことを思わせる苛立ちが感じられた。

つまり各務大佐の計画は、すでに破綻したと考えていい。常人なら計画を放棄して、一切の証拠を消し去るところだ。違法行為の痕跡さえあとに残さなければ、追及を逃れる方法はある。そして保身に成功すれば、今回は断念しても次の機会を待つことができる。

ところが大佐の執念ぶかさは、尋常ではなかった。追いつめられても決して諦めず、むしろ開き直って積極的に反撃してくる。そしてわずかでも可能性があれば、なりふり構わず斬りこんでくる。

「客観的にいって、各務大佐の思惑どおりにことが運ぶとは思えない。いまの段階で硫黄島防衛の基本方針を、内陸持久から水際防御に変更するのは不可能だ。よほど思いきった手を使わなければ、小笠原兵団は動かないだろう。

内地に送り返される予定の将校団も、各務大佐に同心しないと断言できる。たとえ栗林中将の意向に反対でも、反旗を翻して各務大佐の指揮下に入る者はいないはずだ。知ってのとおり、各務大佐にはそれほどの人望はない」

作業台の上に広げた陣地の配置図をにらみながら、小科中佐がいった。作業に必要な情報を、読みとっているわけではなさそうだ。感情の高ぶりをおさえるために、そうしているとしか思えなかった。

中佐は多くを語らないが、各務大佐と面識があるのは間違いなかった。もしかすると大佐の横槍で、指揮下の部隊が大きな損害を出したのかもしれない。そうだとしたら敗北が決定的になる前に、各務大佐は内地に引きあげたはずだ。

あとに残った小科中佐は、あやうく負け戦の責任をとらされそうになった。自決をしいられながら、あえて生きのびることを選んだ。そんなところではないのか。各務大佐に煮え湯を飲まされた部隊指揮官は、珍しくなかった。

各務大佐のことを話す小科中佐からは、静かな怒りが伝わってくる。激昂するわけではなかった。感情の噴出をおさえているものだから、かえって激しい憎悪が感じとれた。小科中佐は、淡々と言葉をついだ。

「かといって、安心はできない。評価はどうあれ、大佐は小才のきく人物だからな。また何か、途方もない奇策を考えているのではないか」

作業台をはさんで中佐と向かいあっていた陣内少佐は、わずかに身を乗りだして図面を注視した。気になる記載事項を、みつけたのだ。最初は偶然の一致かと思った。だがすぐに、それはないと思いなおした。明らかな作為が、図面からは感じられたからだ。

視線を感じて、陣内少佐は顔をあげた。小科中佐だった。探るような眼で、少佐の顔をのぞき込んでいる。気づいたのかと、問いかけているようだ。陣内少佐は単刀直入にたずねた。躊躇はなかった。

「小科中佐は……栗林中将の方針に、反対なのでしょうか。内陸持久ではなく、あくまでも水際防御に徹するべきだとお考えですか」

全島にくまなく配置された地下陣地には、そんなことを思わせる特徴があった。一見すると内陸部を射界におさめた砲兵陣地に思えるが、わずかな労力で射界が大きく変化する構造になっている。

内陸部の攻撃に特化した現在の態勢から、敵上陸部隊を海岸線で殲滅しうる陣地に移行できるのだ。いうまでもなく水際防御にそなえた布陣だが、陣地の転換に要する労力と時間は最小限におさえられている。

無論そのような仕掛けは、容易に見破ること ができない。全容を俯瞰しうる配置図は、厳重に管理されていた。複写図は存在せず、原図が一部あるだけだ。現実的にいって、作図した小科中佐以外に事実を知るものはいないはずだ。

配置図をみるかぎり、事実は巧妙に隠されていた。陣地転換の方式も、ひとつではなかった。爆風よけの掩体を特異な形状で構築し、火砲が移動する余裕を残したところもあった。ただし地形によっては、おなじ敷地内に予備の射座を設置できないこともある。

なかには二系統の射座が、一〇〇メートル以上へだたっている陣地もあった。その場合でも陣地の転換は、すみやかに実行できるよう工夫されていた。機動性のある野砲を主力兵器として、射座間の移動を遅滞なく完了する計画だと考えられる。

配置図に記された火砲の規格をみるかぎり、最初から攻撃目標の変更が織りこみ済みだったことがわかる。移動用の通路も、用意されていた。人力ですみやかに移動するために、床面は水平に整地してあった。

偽装も巧妙に施されている。火砲を分解することなく移動するのが前提だから、通路は幅が広く天井も高かった。めだつ存在といわざるをえないが、普段は兵員の居住施設として使われているようだ。

偽装の痕跡は、他の陣地にも残されている。天井の高い通路を、倉庫として使っているようだ。陣内少佐にとっては、既視感のある構造だった。落盤事故の現場にむかうとき通過した変則的な倉庫に似ている。

狭すぎて息苦しさを感じるほどだが、遮断壁を崩せば本来の姿がみえてくるのだろう。火砲の通路とはかぎらない。陣地転換にともなう一時的な資材置き場として、広い空間を確保したのではないか。

陣内少佐の問いかけに、小科中佐は即答しなかった。迷っている様子はない。少しでも躊躇があれば、陣内少佐による配置図の検分は許さなかったはずだ。口ごもっているのは、今後の方針を検討しているからではないか。

小科中佐の沈黙は、それほど長くつづかなかった。いくらか表情をやわらげて、中佐は切りだした。

「水際防御の方針を、捨てきれなかったのは事実だ。上陸部隊がもっとも脆弱なのは、海岸線に達したときであるはずだ。遮蔽物はなく、足場は悪い。敵の上陸を阻止するのであれば、好機を逃すべきではない。そのための研究には、長い年月と労力を投入している。

浅慮にもそう考えて、ひそかに二系統の射座を構築した。もしも内陸持久の方針が放棄されれば、すみやかに水際防御の態勢に移行するためだ。不穏な噂もあった。内陸持久に固執する栗林中将を更迭して、あらたな指揮官を後任にすえるかもしれないと――」

おそらくその噂には、充分な根拠があったものと思われる。参謀本部の陣容が一新される0以前のことだから、各務大佐も在籍していたのではないか。興味ぶかい話ではあるが、いまは詳細を把握している余裕はなかった。

陣内少佐は言葉を返すことなく、無言で先をうながした。

2

ひと呼吸ほどの間をおいて、小科中佐は話を再開した。

当時の記憶をたしかめているらしく、丹念に言葉を重ねていく。陣内少佐にとっては、はじめて耳にする話が多かった。その上に小科中佐の語ることは密度が高く、不用意に口をはさむことができない。いくつもの出来事が、驚きをともなって心に刻まれていく。

小科中佐は築城参謀として、栗林中将と接する機会が多かった。ときには双方が譲らず、激論になることもあった。そのようなときでも、栗林中将は中佐に対する敬意を失わなかった。野戦築城の専門家として、小科中佐を尊重しているのが伝わってきたという。

小科中佐の意外な一面にふれる思いがしたが、その一方で奇妙な既視感があった。小科中佐の語る過去の出来事が、いずれも予想どおりに展開したせいかもしれない。事前の漠然とした予感を、たどる形で小科中佐は語りつづけた。

工事がはじまった当初、小科中佐は内陸持久の戦術に懐疑的だった。中佐の経験に照らしても机上の空論にすぎず、指示どおりの陣地を構築する気にはなれなかった。ところが栗林中将と真摯な議論をくり返すにつれて、小科中佐の認識は少しずつ変化した。

栗林中将の見識と信念に圧倒されて、考えを改めざるをえなくなったのだ。小科中佐にかぎったことではないが、栗林中将は決して頭ごなしに持論を押しつけたりしなかった。わずかでも相手が疑問を持つと、丹念に説明した。

そのせいで時がすぎるにつれて、内陸持久戦術の理解者は増加していった。小科中佐自身も、その一人だった。水際防御をつきつめるのであれば、海岸線にそって防御陣地を構築せざるをえない。

だが海岸に陣地を構築するのであれば、通常は単線構造とするしかなかった。上陸が可能な海岸線を、隙間なく複線陣地で防御するのは現実的ではない。無理をして構築したとしても、その大部分は無駄になる。

構築に要する労力ばかりではなかった。第二線陣地に配置した兵力は、大部分が遊兵になると考えていい。かといって単線構造の海岸陣地では、火力を集中した敵の攻撃に耐えられないことが多い。

ことに米軍による水陸両用作戦では、強大な破壊力を有する艦砲射撃と空爆が上陸部隊を支援する。集中攻撃にさらされた海岸陣地は、敵からの圧力を支えきれずに突破される可能性が高かった。

結果はあきらかだった。橋頭堡を構築した上陸部隊との戦闘は、内陸部における機動戦に移行する。そして海岸陣地に部隊を分散配置していた防御側は、戦力の集中ができないまま各個撃破されていく。

過去の戦訓を確認すれば、容易にわかることだ。水際防御に成功した例は、きわめて少ないといわざるをえない。それにもかかわらず水際防御の有効性を疑うものは、少数にすぎなかった。栗林中将は焦る様子もみせずに、粛々と作業を進めていたという。

おそらくその間にも、布石を打っていたのだろう。それが状況の変化を、予見させたと思われる。ほどなくして、流れがかわった。参謀本部の陣容がかわったのを機に、栗林兵団長解任の噂が立ち消えになったらしい。

前後して水際防御に固執していた海軍部隊と海兵隊が、方針を転換して栗林中将の主張を受け入れた。大本営が陸海軍の部隊間調整に乗りだしたともいうが、実際のところはわからない。いずれにしても、栗林中将にとっては部隊再編の好機といえた。

強硬に水際防御を主張していた将校の大部分が、小笠原兵団から転出することになったのだ。栗林中将による粛清といえるが、転出者の中に小科中佐の名はなかった。砲兵陣地に隠された二重砲座の存在が、発覚した形跡もない。

――すると栗林中将は、小科中佐のたくらみに気づいていないのか。

当然の疑問だった。これは放置しておけない問題といえる。各務大佐がこのことを知る前に、先手を打つべきだった。完成した陣地に手を加えて、防御態勢の転換を不可能にするのだ。さもなければ各務大佐は、小笠原兵団の乗っ取りも辞さないだろう。

兵団の指揮権を実質的に掌握して、水際防御を実行しようとするのではないか。事実上の反乱だが、決して不可能ではない。転出を通告された将校をまき込めば、強力な実働部隊が編成できる。

その点が気になったが、小科中佐はあまり深刻に考えていなかった。というより参謀本部を追われた各務大佐を、侮っている節があった。

小科中佐は躊躇なくいいきった。

「心配は無用だ。各務大佐ごときの介入で、小笠原兵団の統制が乱れることはない」

小科中佐の言葉からは、一抹の不安も感じられなかった。陣内少佐は戸惑った。問題を抱えた陣地しか頼るものがないのに、中佐は何故ここまで自信を持てるのか。不審に思っていたら、小科中佐は意外なことを口にした。

「十中八九、栗林中将は陣地の二重構造に気づいている。普段から現場の視察を日課にしているくらいだから、誰よりもよく陣地の配置を知《ち》悉《しっ》しているものと思う。作図をした小官をのぞけば、兵団でもっとも図面を参照する機会にも恵まれていたはずだ」

それにもかかわらず栗林中将は、完成した砲兵陣地の手直しを口にしなかったという。気づいていたとしても、あえて触れるつもりはないらしい。本格的な踏査を実施すれば、小科中佐を処罰せざるをえなくなる。

栗林中将にとって、それは本意ではないのだ

戦艦陸奥（防空戦闘改装後）

ろう。むしろ中佐との信頼関係を重視して、過去の行為については追及しない方針を選択したのではないか。過酷な状況下で工事をしている兵たちに、余計な仕事をさせたくないという思いもあったはずだ。

ただし当事者である小科中佐は、栗林中将から無言の圧力を受けることになった。陣地の二重構造を放置しているかぎり、砲兵隊の一部に命令が徹底しない可能性は残る。そしてもし意図に反した砲撃が開始されれば、それは小科中佐の責任だった。

現地に展開している砲兵部隊にとって、自分たちの陣地は庭のようなものだ。陣地の構造はもとより、周辺の地形にも精通している。巧妙に偽装された二番めの射座に、気づいたとしても不思議ではなかった。

その陣地の正面に敵の上陸部隊が殺到すれば、命令を待たずに砲撃を開始することもありえた。だが早すぎる砲撃の代償は、無視できないはずだ。隠蔽された陣地は砲撃によって位置を曝露し、敵艦隊からの集中攻撃を受けることになる。

特定の陣地に、かぎったことではなかった。隣接した陣地が攻撃を開始すると、それに引っぱられて周辺の陣地も攻撃を開始しかねない。錯誤は伝播し、なしくずし的に全砲門が開かれる危険さえあった。

無論よく訓練された部隊なら、そんな事態にはならない。たとえ敵の砲爆撃にさらされても、命令がなければ反撃できないとされている。いまのところ小笠原兵団は士気が高く、練度も充分な域に達していた。命令に反した行動をとることは、通常の場合ありえない。

ただし戦闘がはじまれば、何が起こるかわからなかった。予測できない事態が連続するのが、戦場といえる。連絡が途切れて孤立した部隊が、独自の判断で行動せざるをえない状況もでてくるだろう。

小科中佐としては参謀の業務とは別に、硫黄島防衛の基本方針を各部隊に徹底させる義務が生じていた。指揮下の部隊に眼を配り、危険な兆候を察知しなければならない。ほんのわずかな齟齬が、取り返しのつかない失策につながることもあるのだ。

おそらくそれが、栗林中将の真意だったのだろう。大部分の将兵は栗林中将の方針を受け入れているが、心の奥底では疑問を捨て切れていないようだ。ただしそのことは、決して口外しない。漠然とした疑問と不安を抱えたまま、沈黙を守りつづけている。

小科中佐は前線の部隊を丹念にめぐり、これまで表面化することのなかった将兵の本音を聞きだしていた。結果的にそれが、兵団の団結を強化することになった。栗林中将自身も頻繁に部隊を視察していたが、兵団長に本音を打ち明けられる者は少ない。

参謀にならなんでも話せるというわけではないが、栗林中将の巡視を補完する役には立っているようだ。そんな事情があるせいか、小科中佐は楽観的だった。各務大佐の動きを、警戒している様子はない。危機感も持っていなかった。

「掛け値のないところをいえば、各務大佐は参謀として三流以下だ。この時期に小規模な陣地ひとつを新設したところで、大勢に影響はないし小笠原兵団も動じない。その点の理解が欠けているかぎり、兵団にはなんの影響もおよぼさないだろう。

おそらく各務大佐は、砲兵陣地の二重構造にも気づいていないと思われる。早い段階で状況を把握していたら、規格外の陣地構築などという愚策は選択しなかったはずだ。状況を最大限に利用した上で、より確実な方法を実行していたのではないか」

いくらか興奮気味に、小科中佐はいいきった。栗林中将は不在だが、間もなく日課の部隊視察を終えて司令部に帰着する。その時点で中将に状況を報告して、最上の対策を具申するつもりらしい。

小科中佐によれば来島を予定している交代要員の中に、各務大佐の名は見当たらなかったようだ。転出する要員の後任はいずれも少佐以下で、参謀職の大佐に欠員はいないとのことだった。おそらく各務大佐の来島は、恣意的なものではないか。

出張命令なども存在しないのであれば、私的な旅行とかわるところはない。ただちに身柄を取り押さえて、本土に送り返すことになる。それで問題は、すべて解決するはずだった。少なくとも小科中佐は、なんの懸念も感じていないようだ。

だが陣内少佐は、中佐の楽観が根拠のないものに思えた。対応がいかにも手ぬるく、各務大佐の行動力を過小評価している。大佐に対する私的な恨みが、評価を誤らせているのではないか。事実関係の誤認もあった。

各務大佐が来島してから、まだ数時間とすぎていない。しかも現地に足を踏みいれたのは、今回がはじめてのはずだ。したがって崩落した陣地の構築に、大佐が関与していた可能性はない。陣地の二重構造も、事前に把握するのは困難だった。

かりに陣地の構築を指示していたとしても、具体的な位置や形状は現地に一任するしかない。おそらく大佐の意を受けた目付役が、ひそかに工事を手がけたのだろう。ただし完成したのは一個所だけで、しかも竣工後間もなく爆撃の振動で天井が崩落した。

それが精一杯だった。本来なら小笠原兵団の総力を投入して、海岸線を砲兵陣地で埋めつくすべきだった。本格的な工事を開始する前には、各務大佐が現地に乗りこんで水際防御の実行を命じる予定でいた。

その思惑が、直前になって外れた。構築された砲座はたくみに隠蔽され、そのままでは海岸線を指向できないとされていた。もはや内陸持久の方針は動かず、各務大佐には打つ手がないと考えられる。

だが陣内少佐は慎重だった。この程度の状況で、各務大佐が断念するとは思えない。それどころか、油断すると命取りになりかねなかった。その点の認識が、小科中佐には不足している。栗林中将の帰着を待って行動を起こすのでは、貴重な時間を無駄にするだけだ。

それよりは参謀長の権限で、各務大佐の捜索を開始すべきではないか。煩雑な手順は必要ない。兵団長の栗林中将が不在の間は、参謀長が権限を引き継ぐことになっている。ぐずぐずしていると、日が暮れて身動きがとれなくなる。

そう考えて、小科中佐に声をかけようとした。

その矢先に、中佐は耳をそばだてた。立哨している兵だった。何者かが近づいてくるらしく、するどい声で誰何している。

3

小科中佐は無言で図面を片づけた。

丁寧に折りたたんで戸棚に収めたが、鍵はかけなかった。あとでまた、作業を再開するつもりかもしれない。ただし警戒はしていた。部屋の扉は施錠したままで、外の様子をうかがっている。

誰何に応じたのは、司令部つきの通信兵だった。北部台地にある砲兵陣地から、小科中佐にあてて連絡が入ったようだ。その陣地とは野戦電話が通じているが、有線のため砲爆撃で回線が切れることは多い。そのため普段は使用されることがなかった。

陣地間の地下連絡通路が完成するにしたがって、野戦電話に対する依存度はさらに低下していた。さして大きな島ではないから、伝令を走らせれば事足りたのだ。電話線をすべて地下通路に移設する計画もあったが、実現の可能性はあまりなさそうだ。

「小官に……電話連絡が?」

前例のないことらしく、小科中佐は戸惑いを隠さなかった。それでも反応は素早かった。閉ざされた扉ごしに「発信者は誰か」とたずねている。通信兵は即答したが、小科中佐は要領をえない顔をしている。記録されていた名前に、心当たりはないようだ。

その上に階級は軍曹だった。これも不可解な話だった。会ったことのない下士官が、中佐の参謀に電話連絡することなど普通はありえない。かといって、無視することもできなかった。思いあたることがあるのか、中佐は記憶をたどる様子をみせている。

「司令部つきの雨木《あまき》軍曹しか知らないが、他にそのような名前の下士官がいたかな」

司令部勤務の下士官なら、電話に頼るまでもない。おなじ壕にいるのだから、探して直に声をかけそうなものだ。そう考えたらしいが、現実はそれほど複雑ではなかった。通信兵が口にしたのは、拍子抜けするような言葉だった。

「兵団司令部の雨木軍曹で、間違いなさそうです。兵団長の供をして、工事の視察に出かけていますから」

つまり雨木軍曹は兵団長の言葉を、代理で伝えたことになる。一時はそれで納得しかけたが、どうも妙だった。雨木軍曹は何故、そのことを話さなかったのか。単純な通信事故で、発信者の名前をとり違えたとは思えない。

——なにか事情があって、変則的な連絡方法をとったのではないか。

そう考えるのが、妥当な気がした。本来は兵団長名義で連絡すべきところを、それができない状況に陥った可能性がある。小科中佐は性急に先をうながした。規則に反する行為なのは承知の上で、閉ざされた扉ごしに本文を読みあげるよう命じている。

陣内少佐は耳をそばだてた。本文を読みとけば、すべての疑問は氷解するはずだ。不可解に思われた送信時の事情も、あっさり判明すると思われる。閉ざされた扉に耳を押しつけるようにして、次の言葉を待った。ところが結果は、予想を裏切るものだった。

読みあげられた本文は、他の疑問に輪をかけて不可解だった。現実との一致点はなく、連絡の趣旨もわからない。それでも漠然とした文意や、文章の流れは読みとれる。ただし文章全体を読みとおしても、意味が伝わってこなかった。

かといって、暗号が組まれた形跡はない。おそらく簡易な符丁で、全文が構成されているのだろう。耳慣れた硫黄島の地名が頻繁にでてくる。ただ、同一の地名が複数回あらわれることはなかった。

一度でも使用すると、その後は使わないと決めているようだ。さして長い文章ではないから、そんな制約も可能だったと思われる。文章の流れや前後の関係から、符丁の意味を類推することは困難ではなかった。

というより兵団司令部に勤務する将兵なら、無理なく読み解けるように工夫されていた。文法構造はそのままだから、符丁の意味さえわかれば文章全体の解読も可能になる。基本的には人名や組織名は地名に、それ以外の言葉は別の用語に置きかえているようだ。

たとえば「兵団長」という言葉は司令部壕付近の地名から「北岬」に、高射噴進砲隊は布陣している地区の周辺地形から「田原坂」と称されていた。したがって「北岬は現在、田原坂にあり」という文章なら「兵団長は現在、高射噴進砲隊の陣地にあり」となる。

符丁にしては簡易すぎる上に変則的だが、事情を知らない者には意味不明の文章になりそうだ。小科中佐は通信文の意味よりも、送られてきた状況に関心があるらしい。通信兵の反応は不明だが、文意を積極的に読みとろうとする意欲は伝わってこなかった。

それなら自分でやるしかない。そう考えた。選択の余地はなかった。呼吸を落ちつけて、陣内少佐は切りだした。

「兵団長は現在、高射噴進砲隊の陣地にあり。この地で所用あるため、本日は司令部に帰着すること能わず。明日以降の予定は未定につき『閲覧室書庫の原本』を持参の上、小隊長を派出して合流させよ。

高射噴進砲隊の陣地で合流できない場合は、南集落付近の海軍南砲台に来たれ、というところでしょうか」

それが本文のすべてだった。不明な部分は原文のままにしておいたが、大雑把な意味は把握できるはずだ。「閲覧室書庫の原本」は曖昧でわかりづらい印象を受けるものの、受信者が小科中佐に指定されている点に注目すれば意味は明白だった。

普段はこの部屋の戸棚に保管されている陣地配置図などの図書類と解釈できた。あとは「小隊長」の解釈だが、ここでいう小隊は特定の部隊を意味するのではなさそうだ。小科中佐は築城参謀だから、指揮下の部隊は存在しない。

ということは特定の小隊長をさすのではなく、小隊規模の兵力を指揮する将校と考えてよさそうだ。その将校に陣地の配置図などを持たせて、田原坂にある高射噴進砲隊の陣地まで来るようにいっている。

そう解釈したのだが、小隊長に関する部分はあまり自信がなかった。発信者の雨木軍曹にも、余裕があったとは思えない。おそらく相当に切羽つまった状況下で、電話による状況報告に踏みきったと思われる。

——兵団長は拘束されているのか。

その可能性は、否定できなかった。来島した各務大佐は崩落した陣地の状況を確認したあと、栗林中将を待ち伏せしたと考えられる。その際に二つの集団が小競り合いをはじめて、栗林中将が負傷したのかもしれない。

身動きがとれなくなった栗林中将は、同行していた雨木軍曹に連絡を命じた。推測どおりなら、ただちに「小隊長」を派遣する必要があった。小隊長一人を送りこむのではない。武装した一個小隊を派遣して、状況確認とともに各務大佐の動きを封じるのだ。

不明な点が多く解釈も曖昧だが、硫黄島守備隊が危機的な状況におちいっているのは間違いない。場合によっては兵団の内部で、戦闘が発生する可能性もあった。偶発的な同士撃ちではない。たがいが強い意志を持って、おなじ皇軍部隊を殲滅しようとするはずだ。

自分がいくしかないと、陣内少佐は考えていた。経験の不充分な初級士官に、まかせておける状況ではなかった。小科中佐から陣地の配置図を預かって、栗林中将と合流しなければならない。

ところが小科中佐は、まだ状況を正しく認識していなかった。苛立ったように声をあげて、扉を開けはなった。そして通信兵に命じた。

「ただちに通信室にもどって、こちらから電話をかけろ。小官もすぐにいくから、発信者を呼びだしておけ。七面倒くさい暗号もどき抜きで、小官が状況を聞きだしてやる」

それは無理だろうと、陣内少佐は思った。雨木軍曹が符丁を使って連絡してきたのは、盗聴されている可能性があるからではないか。あるいは状況がさらに悪化して、電話口で各務大佐の配下が聞き耳を立てていたのかもしれない。

つまり電話で問いただしても、要領をえない受け答えがくり返されるだけだ。そう判断して、小科中佐を制止しようとした。しかし状況は、陣内少佐の予想をこえて進展していた。小科中佐の剣幕に辟易したのか、通信兵がわずかに身を引いていった。

「それは……できません。電話連絡のあと、回線は不通になっています」

やられたかと、陣内少佐は思った。時間的にいって、砲爆撃による断線ではありえなかった。意図的な破壊工作の可能性が高かった。高射噴進砲隊との電話回線だけとは思えない。他の通信手段も、のきなみ通じなくなっているのではないか。

兵団司令部を、孤立させるためだ。情報の流入を遮断して、正常な判断を不可能にする気らしい。その上で各務大佐は、権限の強制的な委譲を迫るのではないか。さらにこの処理を確実なものにするために、重要書類および機材等の押収が徹底される。

この段階まで事態が進展すると、もう後もどりはできない。硫黄島守備隊は各務大佐の方針にしたがって、拙劣で無謀な戦いをつづけることになる。結果は玉砕以外にありえなかった。そしてマリアナ諸島を発進した米陸軍重爆隊によって、日本本土は焦土と化す。

そのような事態は、何があっても回避しなければならない。ようやく小科中佐も、状況を把握したようだ。次の瞬間、二人の視線は一致した。言葉をかわす必要はなかった。いま何をなすべきなのか、二人とも理解していた。あとは信念にしたがって行動するだけだ。

わずかな間をおいて、二人は行動を開始した。最初に部屋を封鎖しなければならない。一度は開放された扉は、陣内少佐によって閉じられた。生木を撓《しな》らせたような、派手なきしみ音が鳴った。意志に反した大きな音だったが、兵たちの注意を引くことはなかった。

扉の閉鎖を確認したあと、手ばやく施錠した。わずかに隙間が生じているが、無視しても問題はないはずだ。室内に立てこもる気はない。密議を再開する意思もなかった。作業が終了するまでの間、眼隠しをするだけだ。

扉に手をかけた陣内少佐の背後で、小科中佐も行動を開始していた。戸棚から陣地配置図を取りだして、陣内少佐の図嚢に放りこんだ。配置図だけではなかった。暗号書や戦闘記録が各務大佐の手に渡れば、栗林司令部は正当性を失いかねない。

上級司令部と連絡がとれなくなって、命令の受領さえ不可能になる。代替のきかない重要書類ばかりが、この部屋には保管されていた。その中から「原本」だけを抜きだして図嚢におさめた。作業は短時間で終了した。

陣内少佐が図嚢を閉じたときには、小科中佐も戸棚に鍵をかけていた。顔を見合わせた二人は、小さく頷きあった。それで終わりだった。今後の行動について、打ちあわせる時間も惜しかった。いまは司令部壕を脱出して、栗林中将と合流するだけだ。

閉鎖していた扉を、ふたたび開け放って外に出ようとした。その矢先に「敬礼！」の声が聞こえた。嫌な予感がした。声に記憶はないが、各務大佐が乗りこんできたのは間違いない。

4

陸軍では将校の姿をみたら、何をおいても敬礼することになっている。

作業中であっても例外ではなく、これを怠ると制裁を受けることもあった。欠礼された将校自身が、手を出すことは滅多にない。任官して間のない少壮士官や古参の下士官兵が、当の将校にかわって嫌われ役を引き受けるのが普通だった。

ただし前線では遵守されることが少なく、省略されることも珍しくなかった。硫黄島守備隊では栗林中将の方針で、作業を優先することになっていた。多数の兵を投入した陣地構築作業の効率を上げるためだが、実際には工事現場の外でも適用されていた。

ことに多数の将校が出入りする兵団司令部では、実施されているところをみたことがない。事実上の廃止か、それに近い状態なのだろう。そのせいか突然かけられた「敬礼！」の声は、いかにも場違いな印象をあたえた。

普段は司令部に足を踏みいれることのない陣内少佐でさえ、違和感が先にたって対応できずにいた。まして司令部つきの要員になると、ほとんど無視に近い反応しかもどってこなかった。

何人かは戸惑った様子をみせたが、やはり敬礼することを忘れていた。

間の抜けた静けさは、それほど長くつづかなかった。わずかな間をおいて、二度めの号令がかけられた。声の主は先ほどと同じだが、かなりの苛立ちが感じられた。その気迫に呑まれたのか、数人の兵が不動の姿勢をとった。

いずれも指揮下の部隊から、連絡のために派遣された兵だった。司令部つきの兵ではなかったが、迷っていた者たちをうながす結果になった。さして広くもない壕のあちこちに、ばらばらな動きが伝わっていく。統制のとれていない不ぞろいな敬礼だった。

結果的に大部分の者は敬礼したようだが、上級者に対する敬意などまったく感じられない。状況を把握できないまま、形だけ整えたのは歴然としている。

「なんだ、この様《ざま》は——」

怒気をふくんだ声だった。号令をかけた人物とは、声の質が違っていた。いかにも陰惨で、凄味を感じさせる。人が多くて姿はみえないが、声を聞くだけで陣内少佐は確信した。各務大佐らしい。次に来るのは殴打かと、少佐は思った。

敬礼が遅れたことを理由に、司令部の軍紀が弛緩していると決めつけるのではないか。その上で「気合いを入れる」と称して、制裁を加えるのだろう。高級将校にもかかわらず、他の者に殴打を命じることはない。

各務大佐にとって制裁は、自分の優位を確認する行為であるからだ。配下にまかせたのでは、優位を奪われると考えているのかもしれない。ときには軍刀を抜き放って、相手を威嚇することも珍しくないらしい。

さりげなく、陣内少佐は周囲の状況をうかがった。これ以上、茶番につきあう気はない。いまのうちに司令部壕を抜けだして、栗林中将と合流すべきだった。ぐずぐずしていたのでは、殴られた上に脱出の機会を失うことになりかねなかった。

状況次第では、戦闘も辞さないつもりでいた。腰に装着した拳銃に意識を集中して、発砲までの動作を確認した。非戦闘部隊の将校が携行するには、無骨すぎる大型自動拳銃だった。軍用モーゼルの純正品で、満州以来の長いつきあいになる。

陣内少佐にとっては頼りになる武器といえた。ただし実際に抜き放つのは、できるかぎり避けたかった。たとえ相手が各務大佐でも、友軍には銃口をむけたくない。気取られぬよう注意しながら、そろそろと足を踏みだしかけた。

その直後に、視線を感じた。小科中佐だった。待てというように、小さく首を横にふっている。中佐の視線は、陣内少佐の背後にむけられていた。暗がりの奥に、人の気配を感じた。金属のふれあう響きが、かすかに伝わってくる。

各務大佐があらわれたのとは、反対側の通路だった。人数はそれほど多くない。小銃を手にした兵が、一人か二人いる程度だろう。その気になれば、陣内少佐一人でもなんとかなる。強行突破も考えたが、今の段階で目立つことはしたくない。

もう少し様子をみるつもりで、各務大佐のいるあたりを注視した。暗くてよくわからないが、各務大佐の周囲には一〇をこえる人かげが確認できた。おそらく本土に送り返されるはずだった反対派の将校が、各務大佐と行動をともにしているのだろう。

　全部で二〇人近くいたはずだが、ここにいるのはその半数強でしかない。各務大佐が戦力を二分し、別働隊を編成してことなる拠点を襲撃させた可能性はなかった。つまり反対派とはいえ、決して一枚岩ではないらしい。

　つけいる隙があるとすれば、そのあたりになりそうだと見当をつけた。将校以外の下士官兵も、それほど多くないと推測できる。時間的にいって、他部隊の兵を指揮下に編入する余裕はなかったはずだ。通路の奥にひそんでいた兵が、すべてかもしれない。

　各務大佐は迅速に行動した。敬礼の強要と威圧的な叱責で、兵団司令部は制圧できたと考えたようだ。あえて制裁を加えなくても、司令部要員は反抗的な態度をみせなかった。気を呑まれたのか、おとなしく指示にしたがっている。

　居合わせた将校の全員が「会議室」に集められたが、理由を問いただす者はいなかった。さして広くもない部屋に、無秩序に詰めこまれていく。「会議室」と称してはいるものの、実際には会議が開けるほど広くはない。

　闇雲に掘削したのでは、崩落事故が発生する危険があるからだ。壁際にドラム缶や木箱がならんでいるところをみると、倉庫と大差ない使われ方をしているのだろう。容器に入った飲料水や糧食が減少すると隙間も広がったが、空いた場所は寝床として使われていた。

　それだけでも「会議室」には不向きだが、昼間は一部の幹部要員が執務室として使っていた。

いまは作業中の者はおらず、残された机や椅子が大急ぎで片づけられている。

つまり「会議室」とは名ばかりで、むしろ他の部屋よりも手狭だった。換気の効率からいっても、多数の人員を集合させるには適していなかった。事態が長引けば、昏倒する者もいるのではないか。それにもかかわらず、不服を口にする者はいなかった。

各務大佐の正体や突然あらわれた事情が不明だから、従順にならざるをえないのだ。その上に本土への帰還を命じられた将校を、多数ともなっている。それだけをみれば、水際防御の正当性が認められたと誤解する可能性があった。

――状況の大きな変化を予測して、気持が萎縮してしまったのか。

そう考えるしかなかった。各務大佐は、たくみに人心を掌握しつつある。放置しておくのは危険だが、いまのところ有効な手だてはなかった。広くもない「会議室」に、集合を命じられた将校が次々に入りこんでいった。

状況を把握した陣内少佐は、たくみに人の流れをぬって移動した。めだたないように注意しながら、通路側の位置を確保した。脱出するときのことを、考えたからだ。ただし状況次第では、この場で各務大佐を射殺するかもしれない。

各務大佐は眼と鼻の先にいた。部屋と通路の境目あたりで、無防備な背中をみせている。ただし周囲は、乗りこんできた将校がかためていた。隙をつけば射殺は充分に可能だが、陣内少佐も無事ではすまないだろう。

命が惜しいわけではない。各務大佐の命と等価交換するのは、いかにも業腹な気がしただけだ。風むきが変われば、いずれ大佐は自滅する。自ら手を下すまでもなかった。ここは我が身の安全を最優先にして、隙があれば脱出するべきだった。

客観的に情勢を読みとけば、各務大佐は死に体といってよかった。参謀本部を追われ、日本国内にも居場所がなくなって硫黄島まで来た。何を考えているのか不明だが、たくらみが成功するとは思えない。おそらく計画は失敗し、大佐はすべてを失うだろう。

そう考えた。そのせいで、あやうく次の言葉を聞き逃しかけた。低いがよく通る声で、各務大佐はいった。

「栗林中将は本日付で、小笠原兵団長および第一〇九師団長を免じられた。後任者が着任するまでは、小官が第一〇九師団参謀長として両役職を代行する。なお栗林中将が先日来おこなった人事は、暫定的にこれを無効とする。

ただし異動の対象となった要員が、以前の役職に復帰するとはかぎらない。該当者の処遇については、後日あらためて知らせることとしたい。それまでの間は、小笠原兵団司令部の預かりとする」

その言葉があたえた衝撃は大きかった。誰もが信じられない様子で、各務大佐を見返している。それも当然だった。いつ上陸戦闘が開始されるかわからない状況下で、硫黄島守備隊の実質的な指揮官である栗林中将を解任するというのだ。

しかも指揮官の交代は、きわめて変則的な状況下で断行されようとしている。小笠原兵団の司令部は、戦力の中核となる第一〇九師団の司令部要員で構成されていた。実質的にひとつの司令部であり、兵団長をはじめ司令部要員は二系統の役職を兼務している。

したがって第一〇九師団司令部の参謀長は、栗林中将のふたつの役職――兵団長および師団長を実質的に補佐することになる。ところが参謀長は栗林中将の方針に同意せず、水際防御に固執したため解任されていた。

この場に姿をみせていないのだから、各務大佐にも同調する意思がないのかもしれない。あるいは本土への送還を拒否して、在硫黄島の部隊つき将校になったとも考えられる。事実関係は不明だが、第一〇九師団の参謀長は一時的に空位の状態になっていた。

後任の参謀長は今日付で着任するはずだったが、午後になっても来島する気配がなかった。

その結果、各務大佐が師団参謀長として実権を掌握することになった。さらに栗林中将は解任され、各務大佐が権限を残らず引き継ぐことになるらしい。

これは変則的というより、異常な事態といわざるをえない。短期間の臨時処置などではなく、戦闘の全期間を通して各務大佐が指揮をとることになる。実質的に指揮官は不在の状態で、着任したばかりの参謀長が代行するという。

無茶な話だが、嘘だといい切ることは困難だった。小笠原兵団は大本営陸軍部の直属だから、参謀本部の各務大佐も人事に関与していたと考えられる。実際には参謀本部の要員ではなくなっていたが、公言しないかぎり曖昧にすませることはできた。

したがって参謀本部から派遣された各務大佐

が、硫黄島に出向いて兵団長の解任を伝える可能性はあった。さらに、そのまま後任者におさまることもありえた。変則的な人事を理由に、証拠を要求されても動じることはない。

麾下《きか》部隊の人事に関わる公的書類は、参謀本部の勤務時に見慣れていたはずだ。自分で作成したことも、一度や二度ではなかったと思われる。その気になれば、偽造することは困難ではないはずだ。

その上に現在は島外との通信が、遮断されていた。この場では各務大佐が唯一の情報源になるから、大佐の言葉を検証するのは無理だった。水際防御を否定した栗林中将が、参謀本部の意向で解任されたと説明されても反論することはできないのだ。

このあたりが潮時かと、陣内少佐は考えていた。あとのことは小科中佐にまかせて、司令部壕を脱出するべきだった。栗林中将と合流すれば、各務大佐の虚構はことごとく根拠を失うだろう。

5

壕内灯の光が届かない暗がりに、体を押しこむようにして陣内少佐は移動していた。

足音をたてることなく、上半身の揺れを最小限におさえて闇に身をとけ込ませていく。脱出路は「会議室」への移動時に確認しておいた。ただしどちらを通っても、二人一組の下士官兵が立哨している。

見張りの眼にふれることなく、司令部壕の外に出ることは不可能だった。記憶を頼りに様々な経路をためしたが、結果にかわりはなかった。各務大佐らが乗りこんできたときから、司令部壕は完全に封鎖されているようだ。

　他の壕や施設への移動は、無条件に禁じられているらしい。かといって、時間をかけて安全な方法を検討している余裕はなかった。考えた結果、もっとも遠まわりの経路を選んだ。深い理由はない。その方が手薄だと考えただけだ。

　選択した通路にも、やはり二人の下士官兵が配置されているようだ。通常は下士官が拳銃と軍刀を、兵は三八式小銃を装備している。小銃には銃剣が装着されていたから、兵が身構えると威圧的な印象を受けた。まるで槍のように、鈍い光を放っている。

　狭い通路の中央で剣付銃を突きつけられたら、身動きが取れなくなる。下士官の携行している拳銃も、無視できない威力があった。剣付銃は威圧感があるものの、積極的な攻撃には不向きだった。

　下士官の軍刀と同様に、狭い通路では大きく構えることができない。不用意にふりまわすと、通路の壁や天井を削りとることになる。かぎられた空間の戦闘で威力を発揮するのは、拳銃のような小型の飛び道具だった。

　長大な三八式歩兵銃に銃剣を装着すると斬撃や刺突などの多彩な攻撃が可能だが、それには大きな予備動作が必要だった。銃剣の切っ先よりも遠くから、槓桿操作の不要な拳銃で銃撃されると勝ち目はない。一個所に二人の下士官兵が配置されているのは、効率よく通路を封鎖するためだと考えられる。

　剣付銃をかまえた兵を楯にして、安全圏に控えた下士官が拳銃を指向することになる。そうすれば優位な態勢を維持したまま、通過をこころみる不審者を詮議できる。逆に攻撃側の陣内少佐は、身動きがとれなくなる。強行突破はもとより、後退も困難だった。

拳銃同士の撃ちあいに限定すれば、勝機はあった。下士官が携行しているのは、十四年式自動拳銃だと思われる。陣内少佐の軍用モーゼルなら撃ちあっても負けないはずだが、できることなら発砲は避けたかった。

銃声が大きく響くことよりも、友軍に対する銃撃に抵抗があったからだ。できることなら二人を殺傷したくなかったが、こんな状態で正面攻撃を仕掛けても突破は困難だった。躊躇が先にたって、戦意が萎えてしまうのだ。かといって、いまさら後退もできない。

行動にゆらぎが生じると、予想外の失策をおかしかねなかった。最悪の場合、射殺されることもありうる。死体の検分によって書類が回収されれば、万事は休する。各務大佐の指揮態勢が確固たるものになって、栗林中将の解任が既成事実化する。

それだけは、何があっても回避しなければならない。阻止できるのは、自分だけだった。そう考えたときには、自然に足が速くなっていた。迷いはなかった。手順にしたがって、行動を起こすだけだ。そうすれば、結果は自然についてくる。

闇に沈んだ通路を、灯りもなしに歩いていった。すでに眼は闇に慣れていた。地面を蹴飛ばすかのような勢いで、壕の出口に突き進んでいく。現在の時刻からして、地上は薄闇に包まれているはずだ。すべてが終わって外に出るときには、闇が地上を支配している。

すぐに淡い光が、前方にあらわれた。通路の形に切り取られた地上の薄闇が、滲んだ輪郭で浮かびあがってみえる。歩哨の姿は見当たらないが、配置されているのは間違いない。歩度を落とすことなく、さらに加速して通路を直進していった。

「誰か！」

声は唐突に響いた。意外に甲高い声だった。声と同時に眩い光が、陣内少佐の眼を射抜いた。闇に慣れたはずの眼が、たちまち視力を失っていく。光源は視野の中央部にあった。手持ちのカンテラを、物かげから突きだしているようだ。

カンテラを手にしているのは、後方に控える下士官と考えられる。背後から光を受けた人かげが、影絵のように浮かびあがってみえた。前衛として配置された兵らしい。よほど度胸がいいのか、水平にかまえた小銃は微動もしていなかった。

少しばかり予想と違っていたが、歩哨の基本隊形は守られているようだ。

「誰か」

二度めの誰何は、わずかに上ずっていた。そのせいで、少年のような印象を受けた。陣内少佐が無視して近づくものだから、不安を感じているようだ。ところが少佐にむかって突きだされた銃身は、不動の状態を維持している。

――肝がすわっているのではなくて、精神的な負担が少ないだけではないか。

そんな解釈も可能だった。小銃を手にした兵は、命令どおりに動くだけだ。撃てといわれれば、躊躇なく発砲するだろう。動揺しているのは、むしろ後方の下士官ではないか。カンテラの光が、かすかに揺れている。誰何の声をかけたのも、同一人物だったと思われる。

ただしカンテラを手にした下士官が、動揺しているとは限らない。拳銃を手にした状態で、前衛の兵ごしに陣内少佐を照射しているのだ。不自然な態勢が、光源のゆらぎになった可能性はある。

陣内少佐にとっては、判断しづらい状況だった。無力化するべき対象は、二人いた。一度に二人は倒せないから、優先順位をつける必要があった。常識的には脅威度の大きな小銃手を、先に倒すべきだった。

しかし下士官の動揺が想像以上なら、順位は逆転する。恐怖にかられて、不規則に発砲するかもしれないからだ。それによって対応も変化するが、いまの状況で決めるのは困難だった。咄嗟の判断に、すべてをかけるしかない。

歩哨は眼と鼻の先にいた。カンテラの光がまぶしくて、詳細な状況は把握できない。ただ三度めの誰何は、わずかに遅れた。誰何の声を三度つづけて無視すると、問答無用で発砲されることになっている。

つまり三度めの誰何は、死刑宣告にひとしかった。声をかける下士官には、躊躇があったのではないか。その事実が、陣内少佐の決断をうながした。迷いはなかった。先に倒すのは、小銃手の方だ。拳銃は後まわしでいい。そして下士官がいった。

「誰——」

「設定隊、陣内少佐。通る」

誰何の声が終わらないうちに、陣内少佐がおっかぶせた。その直後に光が動いた。緊張感を欠く動きだった。後方の下士官がカンテラを高く持ちあげて、少佐の上半身に光を集中させている。かすかに息をのむ気配が伝わってきた。

陣内少佐のことをよく知っているのか、手にした拳銃は誰もいない方向に向けられている。小銃もおなじだった。力を失ったかのように、銃口がさがっている。下士官が困惑した様子でいった。

「少佐どの、この先へは——」

そこまでだった。体を反転させた陣内少佐は、すばやく小銃の先端部をつかんだ。そのまま全身を旋転させて、小銃を前方に引き抜いた。不意をつかれて、兵の体が前に泳いだ。小銃を奪い取られまいとして、さらに体勢を崩すことになった。

無防備な兵の頭部が、少佐の眼の前に引きだされた。鉄帽はかぶっておらず、戦闘帽は脱げかけていた。弱点をねらって、空いた方の腕を打ち下ろした。手加減はしなかった。充分すぎるほどの衝撃が、肘から伝わってきた。

その一撃で、兵は動かなくなった。殺傷するつもりはなかった。昏倒させる必要もない。陣内少佐が姿をくらますまで、無力化するだけでよかった。無論、一人だけではない。倒すべき相手は、まだ残っている。

下士官とおぼしき人物は、無防備な姿で突っ立っていた。よほど驚いたらしく、眼を丸くして少佐をみている。だが驚いたのは、陣内少佐も同じだった。下士官ではなかった。陸軍兵でもない。軍衣と階級章をみるかぎり、海軍の兵長らしい。

外見ばかりか声も幼く、変声期前の少年を思わせた。兵長は拳銃とカンテラを手にしたまま、茫然としていた。襲撃を開始してから、まだ数秒しか過ぎていなかった。動きがめまぐるしすぎて、反応できなかったようだ。

しかも陣内少佐は、兵の体を楯がわりに使っていた。だがそれも、もう必要なさそうだ。兵長はすでに戦意を喪失していた。恐慌にとらわれているらしく、少佐から視線をそらせずにいる。拳銃を手にしているのに、発砲に踏み切れないようだ。

無力化されたも同然だが、油断するのは危険だった。些細なきっかけで、戦意をとりもどすことがある。恐怖にかられて、拳銃を乱射する可能性もあった。立ち去る前に、反撃を封じておくべきだった。

支えていた兵の体を、後方の兵長にむけて突き飛ばした。二人の体は、重なりあって倒れこんだ。はずみでカンテラが転がって、火が消えた。すでに日没の時刻は過ぎていたが、空に明るさは残っている。

通路の奥まで射しこんでくる残照を頼りに、兵長の手から拳銃を奪いとろうとした。ところがその時になって、兵長が激しく抵抗した。少年とは思えない力で、拳銃を握りしめている。

かといって、放置することはできなかった。拳銃を取りあげずに立ち去ると、背後から撃たれる可能性がある。選択の余地はなかった。陣内少佐は腰の拳銃嚢から、モーゼルを抜きだした。そして倒れている兵長に突きつけた。

「一度しかいわんから、そのつもりで聞け。お前が何処の誰だか知らんし、興味もない。肝心な点は、ひとつだけだ。俺の足を引っ張るようであれば、容赦なく撃ち殺す。

ただし拳銃を手放せば、命までとるつもりはない。だから、さっさと決めろ。拳銃を手放して戦死するまで生きのびるか、それともモーゼルの弾丸一発を食らっていま死ぬか。二つにひとつだ」

そういったあと、陣内少佐は安全装置を押し下げた。素早い動きだったが、作動音は兵長の耳にも届いたようだ。無言のまま、少佐を見返している。

第五章　反撃

1

ついてきていると、陣内少佐は思った。

司令部壕の開口部を、封鎖していた海軍の兵長だった。足音を忍ばせて追ってくるが、気配を消すことはできずにいた。五感をとぎすませるまでもなく、明瞭な存在感が伝わってくる。一人だけだった。もう一人の兵が、追跡に加わっている様子はない。

襲撃時の手ごたえからして、昏倒した兵の回復には時間がかかると予想された。致命傷にはならないものの、海軍の兵長に同行する余裕はなかったのではないか。陣内少佐の脱出を、各務大佐に知らせた可能性もなかったと思われる。

無視するしかないと、陣内少佐は判断した。

海軍の兵長に追跡されたところで、実害はなかった。取りあげた拳銃は、陸軍兵の小銃とともに投げ捨ててきた。弾倉内の弾丸は残らず抜きだして、離れた場所にばらまいた。

しつこく追ってくるようなら、あらためて対応を考えなければならない。目的地を特定される前に待ち伏せして、射殺することになるだろう。そう考えて注意を払ったが、いくらも行かないうちに気配は途絶えた。

それを知ったとき、ほんの少し陣内少佐は落胆した。気になる存在だったが、追跡を中止したのなら忘れるしかなかった。おそらく闇にまぎれて移動する陣内少佐を、見失ったのだろう。そう判断して、前にもました速度で闇の中をひた走った。

平穏な夜だった。日没とともに接近することの多い米軍の艦艇も、今夜は動きがなかった。照明弾が打ち上げられることもなく、波の音さえ伝わってこない。わずかな星明かりを頼りに、記憶にある踏み跡をたどっていく。

西の空から残照が消えて、かなり時間がすぎていた。地上には深い闇が広がっている。雲が低くたれ込めている上に風がないものだから、移動しているとひどい息苦しさを感じる。それでも休むことは、考えなかった。ひどい渇きに耐えながら、足を踏みだしていく。

めざす高射噴進砲隊の陣地は、それほど遠くなかった。硫黄島に展開している陸軍部隊の中でも、別格といえるほど防諜体制が厳重らしい。陣内少佐自身も足を踏みいれたことはなく、不用意に接近すると問答無用で銃撃されるともいわれていた。

ましてや現在は、島全体が異常事態に陥っている。細心の注意を払って接近しなければ、陣地のある谷に近づくこともできないだろう。無論、経路はひとつではない。陣地間をむすぶ地下通路をたどって、目的地に近づくこともできた。

敵の砲爆撃にさらされることのない安全な経路だが、いまは避けたほうが無難だった。目的地までは複数の陣地を経由することになるから、慣れていないと位置の確認に手間取るかもしれない。通路自体が封鎖されている可能性もあるし、追跡も容易だった。

それくらいなら地上の道を選択して、最短距離をたどる方がよかった。かりに各務大佐が事態に気づいても、陣内少佐に先んじることはできないはずだ。ただ、地表からの接近には問題もあった。警戒態勢の厳重な陣地に、どうやって入りこめばいいのか。

陣内少佐は足をとめた。ここまでたどってきた道は、その先で急に高度を落としていた。台地上の平坦地に、陣地のある谷が切れこんでいるようだ。谷の内部に入りこんでしまうと、もう後もどりはできない。覚悟を決めて、先へ進むしかなかった。

手にしたカンテラに火を入れて、光量を絞りこんだ。封鎖された通路を突破したときに、分捕ったカンテラだった。足もとを照らすために、持ってきたのではない。陣地を警備している兵に、陣内少佐の存在を知らせるためだ。

だから光量は、最小限でよかった。現在は艦影が見当たらないが、敵艦の存在を無視することはできなかった。灯りを標的に砲撃されれば、すべては終わる。できることなら、即座に消灯したかった。眼が闇に慣れているものだから、灯りなどない方が視野は広がる。

カンテラを高く掲げて、そろそろと谷を下降した。急な坂道だった。こんなところに陣地があるとは思えないほどだが、道はしっかりしていた。すぐに傾斜がゆるやかになって、地形が開けた。谷の内部に入りこんだせいか、空が切りとられて闇がさらに深くなった。

カンテラの光が届かないあたりには、真の闇が広がっている。その時になって、気配を感じた。意外なほど近くに、武装した兵がひそんでいる。そう思った直後に、金属音が鳴った。銃の槓桿《こうかん》を、操作する音だった。死角に入りこんだ敵は、誰何の声もあげていない。

状況が把握できないまま、陣内少佐は立ちつくしていた。陸軍兵とは、思えなかった。誰何もなしに銃撃の体勢をとることなど、通常はありえない。かといって、訓練が不充分なのでもなかった。手にした銃の射線は、陣内少佐の身体を貫通して後方に抜けている。

米軍の先兵が、闇に乗じて上陸したのか――そう思ったが、槓桿の操作音は三八式歩兵銃かその派生型を思わせた。慎重に間合いを測ったが、兵に隙はなかった。一気に駆けよって制圧しようにも、足場が悪すぎた。モーゼルで反撃することなど、思いもよらない。

兵の正体は、すぐに知れた。兵が動かないのをいいことに、ゆっくりと少佐は体の向きを変えた。兵の姿を視認したときには、思わず息を吐きだしていた。海兵隊だった。カンテラの淡い光に照らされて、表情のない顔が宙に浮かんでみえた。

高射噴進砲隊の陣地には、海軍の技術士官が常駐していたらしい。米軍の上陸が現実的になったのを機に撤収したが、海兵隊による警備体制は現在もつづいていた。ただし海兵隊が残留しているのは、噴進砲とその陣地を防衛するためではない。

海軍の主導で開発された奮龍4型――陸軍の呼称では試製六〇センチ噴進砲が、敵手にわたるのを阻止するためだった。公然と口にされることはなかったが、米軍が上陸した時点で未発射の六〇センチ噴進砲があれば残らず処分されるらしい。

処分は徹底しておこなわれる。発射されていない噴進砲弾はもとより、上空で炸裂して島内に落下した残骸も見過ごされることがない。そのために配置されている戦力は、一個小隊程度だと聞いていた。

戦闘部隊としては小規模なものだが、戦力的には決して侮れない。状況によっては上陸した米軍の砲火をかいくぐって、残骸の回収と処分をつづけることもあるのだ。機動力や打撃力はもとより、練度や士気の高い精鋭部隊でなければ務まらない。

ほんの数秒程度、二人は動きをとめていた。無言の対峙を、長引かせるのは危険だった。精神的な重圧に耐えきれず、偶発的な発砲につながることがあった。その場合、先に発砲するのは海兵隊員の方だ。いつでも撃てる小銃を、陣内少佐に突きつけている。

これに対して陣内少佐は、唯一の自衛武器である拳銃に手を触れてもいなかった。拳銃嚢から抜き放ったとしても、そのままでは撃てなかった。安全装置を解除した上で、撃鉄を起こさなければならない。

その間に海兵隊員は、余裕を持って陣内少佐を銃撃できる。さしあたり正体を明かして、敵意のないことを示そうと考えた。

「設定隊長、陣内少佐。命により小笠原兵団司令部壕より来着した。連絡発信者は司令部つきの雨木軍曹。取り次ぎを願いたい」

栗林中将の名や、重要書類を持ってきたことは伏せておいた。海兵隊員を味方と考えていいのか、判断できなかったからだ。海兵隊は海軍部隊と同様に、最後まで水際防御を主張していた。不用意に手の内をあかせば、捕らえられて書類を奪われるかもしれない。

海兵隊員は言葉を返さなかった。視線をそらして、闇の奥をみている。その直後に、気配を感じた。記憶にある足音が、急速に近づいてくる。高射砲隊の陣地がある方角だった。陣内少佐は眉をよせた。姿をみせたのは、ここにはいないはずの人物だった。

自分の眼が信じられないまま、闇の奥から近づいてくる人かげを注視した。間違いなかった。足音は軽く、小柄な人物であることをうかがわせた。人かげは短く声をかけた。

「陣内少佐、お待ちしておりました。城原《じょうはら》兵長です」

あとを追ってきたものの、途中で気配が消えた海軍の兵長だった。陣内少佐の正面にまわり込んで、型どおりの敬礼をしている。十代の後半にしかみえないが、兵長なら下士官につぐ階級だった。そのせいか敬礼に、ぎこちなさはなかった。

流れるような動きで、ぴしりと決めてみせた。事情がわからずに戸惑っていたら、城原兵長と名乗った兵は、海兵隊員を呼んでいった。

「陣内少佐は味方です。兵団司令部は叛徒の手に落ちましたが、少佐は兵団長と合流するために脱出しました。我々にとっては重要人物であり、貴重な情報源でもあるので安全な通過を願います」

――味方、だと？　この兵は何者だ。

混乱から抜けだせないまま、陣内少佐は城原兵長を凝視した。城原兵長は陣内少佐の知らない近道をたどって、陣地に先行したらしい。足場の悪い山道を闇夜に踏破できるほど、地形を熟知していることになる。

つまり普段から、何度も陣地に足を運んでいるようだ。さもなければ立哨していた海兵隊員に、少佐の通行をうながせるわけがない。それはいいのだが、肝心なことがわからなかった。城原兵長は、いったい何者なのか。

警戒感をあらわにして、城原兵長を見返した。ところが当の兵長は自然体で、気後れする様子もみせずに少佐と対峙している。まだ骨格が発達していない華奢な体つきと、中性的な外見が兵長を女学生のようにみせていた。

そのせいで陣内少佐の方が、兵長に圧倒されていた。瞬きをしない真摯な眼でみつめられると、妙な後ろめたさを感じるのだ。気を呑まれたような思いでいたら、海兵隊員が意外なことを口にした。

すでに隊員は、警戒態勢をといていた。銃口をそらしてはいるが、油断はしていない。陣内少佐に視線をすえたまま、海兵隊員はいった。

「海兵隊としては、異存ありません。ただし哨所を通過するものは、原則として非武装となります。陸軍少佐といえども、例外は認められません」

「当然です。特別警戒区域に踏みこむのだから、拳銃は預かっていただいて構いません」

——何を勝手なことを、いってやがる。

反発が先にたった。城原兵長と海兵隊員は納得しているようだが、陣内少佐としては受け入れることのできない話だった。即座に少佐はいった。

「断る。どこの誰とも知れぬ者に、命をあずけられるか」

たちの悪い冗談を、聞かされている気分だった。武人にとって携行する兵器は、単なる殺傷道具以上の意味がある。それを預かるというのだから、相応の覚悟が求められた。ところが城原兵長には、その点の理解が不足していた。

ほんの少し前には、城原兵長自身が拳銃を奪われているのだ。それにもかかわらず、対応が無神経すぎる気がした。なによりも当事者である陣内少佐を無視して、話をまとめようとする強引さが腹立たしい。

礼をつくして事情を説明されれば、陣内少佐も頑なにはならなかったはずだ。そのような思いをこめて拒絶の言葉を返したのだが、城原兵長には通じなかったようだ。子供のように口をとがらせて、少佐を睨みつけている。これでは駄々をこねているのとかわらない。

それにくらべると海兵隊員の対応は、まだしも大人を感じさせた。当惑しながらも、油断なく銃を引き寄せている。陣内少佐の動きを、監視しているようだ。状況がかわれば、即座に戦闘態勢をとるつもりらしい。

2

結局、雨木軍曹を呼びだす騒ぎになった。

城原兵長は強情だった。一歩もあとに引こうとはせず、あくまで陣内少佐の武装解除にこだわった。陣内少佐が拳銃を預けないのであれば、ここから先には進めないとくり返した。不可解な話だった。海軍兵の城原兵長に、そんな権限があるとは思えない。

それどころか、武装解除にこだわる根拠さえ示されなかった。そして押し問答の末に、雨木軍曹を呼びだすことが決まった。陣内少佐が拳銃を預けないかぎり、陣地内には入れないのだ。それなら雨木軍曹の方から、迎えに来させるしかなかった。

司令部壕から持ちだした書類も、ここで雨木軍曹に預けることになる。本来なら栗林中将と会った上で手渡すべきだが、まさか陣地の外へ呼びだすわけにはいかない。礼を失するからではなく、中将をねらう刺客の存在を警戒しているようだ。

兵長自身は明言を避けたが、そう考えている節があった。さすがに陣内少佐は黙りこんだ。あまりにも非現実的で、実現の可能性はないにひとしい。とはいえ、軍曹を呼びだすこと自体は悪い話ではなかった。城原兵長の勇み足を、たしなめてくれるかもしれない。

その程度に考えて、兵長の主張を受け入れた。海兵隊員は足ばやに去っていった。陣内少佐と城原兵長は、闇の中に取り残された。本来なら戦力的に信頼できる海兵隊員が、その場に残るべきだった。丸腰の城原兵長では、陣内少佐を監視するのは困難だろう。

海兵隊員は陣地内に入るだけだから、小銃を携行する必要はなかったはずだ。というより武装解除されるのなら、不要な荷物にしかならない。それなら城原兵長に、小銃を預けるべきだったのではないか。

ところが当の海兵隊員に、小銃を手放す気はなさそうだった。城原兵長もあえて口にはせず、海兵隊員の後ろ姿を見送っていた。よくわからないが、城原兵長は信頼されていないようだ。少なくとも大事な小銃を、預けるほどではないのだろう。

陣内少佐は不機嫌さを隠そうともせず、岩角に腰を下ろしていた。子供のような少年兵に、ふりまわされるのは不本意だった。いっそのこと、このまま別行動をとろうかと思った。闇にまぎれて行動すれば、難なく行方をくらませるはずだ。

その際に兵長を殴りつけて、昏倒させれば追ってくることもない。溜飲もさがる。悪くない考えだったが、その前に確かめておくべきことがあった。司令部壕の出入り口を封鎖していた兵長が、一転して陣内少佐に接近してきた理由は何なのか。

というより兵長は各務大佐の配下なのか、それとも栗林中将の味方なのか。その点を曖昧にしたままでは、迂闊には動けなかった。時間をかける気はない。その余裕もなかった。単刀直入に、陣内少佐はたずねた。

「何故、司令部壕の封鎖に加わっていた。兵長は各務大佐の行動を、支持しているのか」

口ごもるようなら、拳銃を突きつけるつもりだった。ところが兵長の反応は、陣内少佐の予想と大きく違っていた。怪訝そうな顔で、少佐を見返している。まるで陣内少佐の方に、非があるかのようだ。兵長はさらりと応じた。

「命令されたから、ですが」

他にどんな理由があるのかと、兵長はいいたそうだった。陣内少佐は深く息をついた。城原兵長の言葉を理解しようとすれば、本腰を入れて事情をたしかめる必要がありそうだ。中途半端に事情を知った程度では、かえって混乱するだけではないか。

そう考えて、不明な点を整理した。司令部壕の封鎖にいたる各務大佐の動きを、具体的に追ってみるつもりだった。城原兵長は返答を拒否しなかった。むしろ協力的で、見聞きしたことを次々に話していく。誇張や推測はないとはいえ、あらたな事実も出てこない。

城原兵長は海軍の通信兵で、硫黄島では海軍航空隊本部の電信室に勤務していた。この日は早朝から米軍が空襲をかけてきたが、そのこと自体は珍しくない。普段よりも規模が大きかったとはいえ、日常的な出来事でしかなかった。

変化は午後になって起きた。陸軍大佐の指揮する一団が、海軍航空隊の本部壕に押しかけたのだ。海軍部隊の司令官と何ごとか交渉していたが、詳細はわからない。すぐに兵たちは本部壕から追いだされ、一個所に集められて移動を禁じられた。

するど陸軍の兵団司令部で発生した事件と、

同様の出来事が海軍の守備隊本部でも起きていたらしい。陸軍部隊を指揮していたのは、各務大佐らしかった。外見上の特徴が一致していた。そんなし、横柄で高圧的な話し方をしていた。そんな陸軍大佐が、他にいるとは思えない。

城原兵長が目撃した事実は、それほど多くなかった。解放されて本部にもどったときには、海軍の要員は姿を消していた。陸軍部隊が本部壕を制圧したらしく、何人もの将兵が書棚に保管されていた記録類をあさっていた。

探すものがみつからないのか、捜索中の者たちは例外なく眼が血走っていた。各務大佐らしき将校にも、焦りが感じられた。表面上は余裕がある様子をみせているが、ときおり苛立たしそうな声で配下の将兵を叱咤している。

事情がわからないまま、城原兵長らも捜索を手伝わされた。拒否することなど、できる状況ではなかった。どのみち本部電信室の機材は、使用できない状態におかれていた。ほとんどの機材から重要部品が抜き取られて、封印されていた。

陸軍部隊の乱入を通報しようにも、その手段はなかったといえる。機材の修復は禁じられていたが、どのみち城原兵長らの能力をこえていた。他にすることがないまま、陸軍兵が読み散らかした書類を片づけていった。

――通信機材を使用不可能にしたのは、外からの情報を遮断するためではないか。

当時の状況を知ったことで、陣内少佐はそう判断した。城原兵長にかぎらず、海軍兵はみな真実を知りたがっていた。何が起きているのか、見当もつかなかったのだ。その結果、作業中にもかかわらず様々な噂が流れた。

大部分は信憑性にとぼしく、情報源も曖昧なものが多かった。逆にいえば、それほど関心が高かったといえる。その中でくり返し囁かれたのは、小笠原兵団司令部が全滅に近い大被害を受けたというものだった。

今朝の爆撃で司令部壕が破壊されて、兵団長の栗林中将をはじめ多数の要員が戦死したというのだ。突拍子もない話のようだが、情報源は各務大佐の側近とおぼしき中尉らしい。海軍側の司令官に事情を伝えた上で、施設の一時的な使用許可を申し入れたという。

つまり海軍の本部壕に、一時的とはいえ陸軍の司令部が居候することになる。大きな被害を受けた小笠原兵団司令部は、救出された要員を軸に再建されつつあった。司令部の代替施設は用意されていたが、やはり被害を受けたらしく落盤が懸念される状態だという。

いわば緊急事態だから、陸海軍の司令部を一個所に集中させるのは合理的な判断に思えた。埋没した壕の救難作業だけにかぎっても、かなりの時間と労力を必要とする。海軍部隊に対して、機材や人員の面で支援を要請することもありそうだ。

さらに米軍の砲爆撃は連日のようにつづき、上陸が間近に迫っていることをうかがわせた。そのような現実に対処するには、非常手段をとるしかなかった。ただし統帥に関わることだから、現地部隊が独断で司令部を統合することはできない。

だが多くの機材や人員を失った陸軍司令部が、海軍の施設に協力を要請する程度なら問題はなさそうだ。ところが結果は、意外なものだった。海軍側は即座に拒否したらしい。ただでさえ手狭な本部壕に、同規模の兵団司令部が転がりこんでくるのだ。

どれほど要領よくやったところで、混乱が生じるのは眼にみえていた。迷惑きわまりないから、お断りさせていただく――というのが、海軍側の反応だった。ただし本音は、別のところにあったと思われる。各務大佐の専横は、海軍の現地部隊でも知られていた。

そのような人物が居座れば、海軍部隊の指揮系統が破壊されかねなかった。硫黄島の海軍部隊が、各務大佐の私兵と化す可能性もある。しかも伝えられた事実が、いかにも作り話めいていた。頑丈さの点では最高級の陸軍司令部壕が、簡単に崩落するとは思えない。

無論それらの理由は口にせず、海軍側は申し入れを拒否した。だが陸軍部隊は諦めなかった。予想された事態だったらしく、各務大佐は実力行使を決断したようだ。城原兵長は現場をみていなかったようだが、容赦のない行動だったことは想像できた。

ただ、双方とも発砲はしなかった。銃声を耳にした者はいなかったし、血痕も残っていない。不意をつかれた海軍の要員は、抵抗することもできずに拘束されたのだろう。かといって、状況が安定しているとは思えない。時間がすぎれば、事態は発覚する。

海軍部隊の本部制圧には成功したものの、現状を維持するのは困難だと考えられた。

「それで攻撃目標を、陸軍の兵団司令部に切りかえたのか……」

話を聞いていた陣内少佐は、思わず嘆息した。当初なんとも杜撰《ずさん》で場当たり的な計画だった。当初の思惑では海軍部隊を味方に引き入れて、実働部隊として矢面に立たせるつもりでいた。海軍には水際防御の支持者が多く、声をかければ多数の部隊が呼応すると予想された。

ただし、それには条件がある。海軍部隊の本部を制圧したあと、すみやかに重要書類を入手しなければならない。もともと陣地の配置図などは、陸軍の司令部壕に原本が一部あるだけだった。ところが実際には、海軍部隊の本部に副本が保管されているらしい。

それを入手して陸軍の各部隊に示せば、結果は自然についてくる。各務大佐の編成した臨時司令部に、ほとんどの部隊がしたがうものと予想された。ところが海軍の本部壕を制圧しても、書類は発見されなかった。

一時的に持ちだされていたのでなければ、副本など最初から存在しなかったのだろう。意表をついた行動で海軍守備隊の中枢を制圧したものの、最終段階で齟齬が生じて目的を果たせなかったのだ。一時的に実権を掌握したとはいえ、いずれ海軍部隊は反撃に転じる。

それなら攻撃目標を陸軍の兵団司令部に切りかえて、仕切り直しをすればよかった。杜撰な計画に思えるが、陸軍部隊の掌握は当初からの目標だった。その準備段階として、海軍を味方に引きいれようとしたらしい。

そうすれば有利な条件をととのえた上で、陸軍の兵団司令部に乗りこむことができる。予定どおりなら本土との通信回線は遮断され、陣地の配置図も入手できているはずだった。その上に海軍部隊の一部が、各務大佐の指揮下に入っているると見込まれた。

ところが海軍の協力はえられず、追い払われるかのように陸軍の兵団司令部に乗りこんだ。ところがここでも、齟齬が生じた。司令部は制圧したものの、図面はすでに陣内少佐が持ち去っていたのだ。

――たぶん各務大佐らは、躍起になって図面を探している。

その事実が、急に重さをましたような気がした。司令部内をくまなく捜索すれば、陣内少佐の脱出は発覚する。おそらく行き先も、把握されているのではないか。電話連絡の記録を、参照するまでもなかった。栗林中将の所在がわかれば、書類の行方も判明する。

陣内少佐は腰を浮かせた。説明を終えた城原兵長が、驚いた様子で陣内少佐を見返した。何ごとか口にしかけたが、陣内少佐はそれを無視した。時間を無駄にはできなかった。各務大佐が放った追っ手が姿をみせる前に、片づけておくことがある。

3

ほんの少し迷ったが、モーゼルは抜かないことにした。

銃口を突きつけなくても、城原兵長は殺気に気づくだろう。それに脅したところで、結果にかわりはないはずだ。だとしたら無粋なことを、くり返すまでもなかった。兵長の隣に移動して、腰をおろした。

そして淡々と、少佐は切りだした。

「貴公が無類の働き者だということは、理解できたかと思う。上級者に命じられれば、たとえ違法な命令でも躊躇なく実行する。その勤勉さは、特筆に値する。ただし一点だけ、解せぬことがあった。

何故だ？　貴公は何故、俺の側につこうとする。俺は貴公に、何も命令などしておらぬぞ。各務大佐を見限ってまで、俺にすり寄る理由を教えてくれんか。実は各務大佐に命じられて、我が方の内情を探りにきたのか。それとも兵団長閣下の、寝首をかくつもりか。

理由を知りたい。嫌なら黙り通すのも自由だが、二度と話すことができなくなる。脳天に開いた大穴で風通しがよくなる前に、とっくりと考えてこたえろ」

凄んだつもりはなかった。それでも殺伐とした感情は、相手に伝わったはずだ。おそらく城原兵長は、各務大佐の私兵なのだろう。少年のような外見のせいで、油断されることも多いのではないか。実際には、もう少し年齢を重ねていると思われる。

普段は非武装で勤務しているから、正体に気づくものは少ないのだろう。その特質を生かして、自在に情報を収集してきた。各務大佐が参謀本部に在籍していたときには、別人に姿をかえて暗躍していたと考えられる。

たぶん三三部隊（陸軍中野学校）あたりの出身者かと、陣内少佐は見当をつけた。参謀本部の暗闘を経験するうちに、各務大佐は保身の方法を身につけたのではないか。本来なら敵に対して実行される謀略戦を、味方に対して仕掛けることが常態化していた。

したがって城原兵長の行動も、それを前提に考える必要があった。陣内少佐を追ってきたのは、兵長の意思によるものではないはずだ。おそらく各務大佐の意向にしたがう形で、行動を起こしたものと思われる。

それが事実なら、生かしておくのは危険な人物だった。返答次第では、容赦なく射殺しなければならない。躊躇はなかった。あってはならないと、自分にいいきかせた。申し開きができないようなら、迷わず引導を渡すべきだった。

そう結論を出したものの、どうも釈然としなかった。何か途方もない間違いを犯しているようで、落ちつかない気分にさせられた。理由はわからない。もしかすると、既視感が原因かとも思った。かといって、心当たりはない。

少年のような風貌の人物と過去に出会った記憶はないし、よく似た誰かと間違えたわけでもなさそうだ。それなのに、確信だけはあった。城原兵長につながる人物が、かつて陣内少佐の身近にいた。そんな人物を、本当に撃てるのか。

躊躇が命取りになりかねないことは、過去の経験からもわかっていた。内心の苛立ちをおさえて、城原兵長の反応を待った。兵長は即答を避けて、視線をそらしている。何気ない仕草だが、その動きが記憶を呼びもどした。

――趙……だったのか。

唐突に、その名を思いだした。かつて満蒙の荒野を、ともに駆け抜けた男だった。城原兵長と似ているわけではない。外見に共通点などはなかったが、印象は似通っていた。兵長といるだけで、過ぎ去った時代の記憶がもどってくる。

荒野を吹きすぎていく乾いた風の音や、砂礫《されき》まじりの飛雪が外套に衝突する感触までが思いだされた。城原兵長は不思議そうな眼で、陣内少佐を見返している。そして、かすかに笑みを浮かべた。だがそれも、長くはつづかなかった。真顔になって、兵長はいった。

「……失礼しました。あまりにもその、少佐が鈍感なので――」

「死にたいのか」

そういったときには、陣内少佐はモーゼルを手にしていた。ところが銃口は、闇の奥にむけられたままだった。趙のことを思いだしたせいか、気力が失われていた。銃撃は不可能ではないが、一発で即死させるのは無理だろう。

陣内少佐に生じた変化を、城原兵長も感じとっていたはずだ。無論そのことには、気づかないふりをしていた。ことさら律儀な口調で、兵長は言葉をついだ。

「本質的なことから、先に説明します。自分はかつて、各務大佐の手先でした。参謀本部に籍をおく高級職員は、例外なく似たような私兵を雇用しています。敵対派閥との暗闘を意識した情報の収集はもとより、要人子弟の誘拐や暗殺などもこなします」

淡々と話すものだから、重要さに気づくのが遅れた。驚きは徐々にやってきた。それが事実だとしたら、参謀本部の腐敗はとうに限界をこえている。最近になって人事の大幅な刷新があったというが、一掃されたはずの旧勢力が復活する可能性は否定できなかった。

陣内少佐は無言で先をうながした。すでにモーゼルは、拳銃嚢にもどされている。城原兵長はつづけた。

「ですが自分は、各務大佐を見限りました。つい先ほどのことです。したがって少佐のあとを追ったのは、自分自身の意思によるものといっていい」

「その理由は？　念のためにいっておくが、俺には専門的な訓練を受けた諜者を雇う金はない。特務機関をまかされていたころなら別だが、少佐の給金では書生をおくこともできん。悪いことはいわんから、ばれないうちに大佐のところへもどれ。それが『至誠』を、きわめることにもなる」

ここが正念場だと、陣内少佐は思った。少佐はまだ、城原兵長を信用していなかった。給金のことはともかく、各務大佐の指示で陣内少佐に接近した可能性は残る。その点を確認しなければ、危なくて身近におくこともできない。

そう考えて、問いかけを口にしたつもりだった。ところが城原兵長は、それを聞くなり失笑した。陣内少佐が睨みつけると、兵長は慌てた様子で咳払いをした。

「簡単な……ことなのですが、まだご理解いただけませんか。敬礼が遅いといって兵をぶん殴る大佐どのより、少佐どのの方が百万倍も頼りがいがあります。少しでも人をみる眼があれば、誰だって少佐どのに鞍替えしますよ。

そのことに気づいていないのは、少佐どの本人だけらしい。鈍感だというのは、そういう意味です。『至誠』云々を口にするのであれば、各務大佐と縁を切ることからはじめるべきだ。それが日本という国のために、自分ができる最善の選択ではないか」

大人には、でかいツキがある——そういった趙のことを、陣内少佐は思いだしていた。不機嫌そうな顔はそのままだが、少佐の気分は決して悪くなかった。ただし確信は、まだ持てない。城原兵長の内心は、もう少し時間をかけなければ読めないだろう。

物音に気づいて、陣内少佐は耳をそばだてた。大きな音ではなかった。くぐもったような低い音が、足もとの地面から伝わってくる。不安を感じさせる音だった。火山性の地鳴りに似ていた。噴火がはじまるのかと思ったが、その兆候はなかった。

地鳴りに似た音は、長々とつづいた。実際には短い時間だったのかもしれないが、たしかめる方法はなかった。振動をともなった地鳴りから少し遅れて、ことなる爆発音が聞こえた。こちらの方は、爆破作業の炸裂音に似ていた。

ここに至るまでの経緯を知らなければ、砲爆撃がはじまったのかと思うほどだ。だが爆発は、一度だけだった。前方の谷間から、ひと筋の爆煙が立ちのぼっている。すると高射噴進砲隊の地下施設で、なんらかの事故が発生したのかもしれない。

爆発の衝撃は、ふたとおりの経路をたどって陣内少佐に届いた。爆風は地下空間を抜けて地表に噴出し、振動は地中を伝って拡散した。いずれも陣内少佐には実害がなかったが、地下施設内では相当な被害が出ているのではないか。

「いくぞ」

城原兵長に声をかけて、陣内少佐は駆けだした。状況は不明だが、誘爆が発生した様子はない。爆発は一度きりで終息したようだ。ただし崩落による二次的な災害で、被害が大きくなった可能性はある。早急に救助活動を開始しなければ、被害が大きくなるばかりだ。

かすかな踏み跡をたどって、谷を駆けくだった。城原兵長は遅れずについてくる。手にしたカンテラの淡い光が、周囲の闇を照らしている。その光が、急に安定を失った。左右に大きく揺れて、すっと消えた。おさえた声で、兵長がいった。

「早く隠れて――」

遅かった。地形の後方から、人かげがあらわれたところだった。暗くて顔はよくみえないが、陸軍の下士官らしい。低い位置にある陣地の開口部から、一気に駆け登ってきたようだ。呼吸は乱れ、足どりも安定していなかった。

そのせいで、陣内少佐に気づくのが遅れた。つんのめるように停止したあと、腰の拳銃に手をのばしている。だが体力をかなり消耗しているらしく、もたついて動作が不確かだった。その隙に、陣内少佐が仕掛けた。

一瞬はやく拳銃を突きつけて、制止の声をあげた。抵抗せずに、拳銃を捨てるよう命じている。下士官は死に体だった。逃れられないことに、気づいていたはずだ。かといって、捕らえられるわけにはいかない。

その結果、ただひとつの脱出路以外は眼に入らなくなった。状況を無視して、強引に突破しようとした。だが下士官の動作はいかにも遅く、頼りなかった。よほど焦っているのか、何度も拳銃を取り落としかけた。

銃声が鳴った。一発だけだった。それで充分だった。モーゼルの重い銃弾は、下士官の上半身を引き裂いた。下士官は声もあげずに後方へ倒れこんだ。手にした拳銃は、まだ安全装置さえ解除されていなかった。

4

陣内少佐が射殺したのは、兵団司令部つきの雨木軍曹だった。

栗林中将の供で視察に同行し、小科中佐に重要書類を持参するよう連絡してきた。そして地鳴りと爆発音の響く中を、必死の形相で駆け登ってきた。何があったのか知らないが、高射噴進砲隊の基地から逃げてきたのは間違いない。

状況からして、爆発事故と無関係ではなさそうだ。というより、積極的に関与していたと考えられる。すると雨木軍曹が、爆破を実行したのかもしれない。漠然とした不安を感じながら、即死した軍曹を見下ろした。陣内少佐の一撃は、軍曹の心臓を射抜いていた。

「軍曹も……その、各務大佐の配下なのか?」

二人めの私兵なのかと、陣内少佐は問いただした。雨木軍曹のことはよく知らないが、城原兵長との共通点はないように思えた。かりに各務大佐の私兵だったとしても、兵長とは行動領域が重ならないのではないか。

城原兵長は感情をまじえることなく、陣内少佐の疑問にこたえた。

「それに間違いないでしょう……。自分も詳細は知りませんが」

やはり雨木軍曹は、各務大佐の私兵らしかった。城原兵長も実態を把握していないというから、他にも私兵が潜入している可能性があった。

そう考えて、質問を重ねた。だが城原兵長は、そのことに関して否定的だった。

参謀本部に在籍していた当時なら考えられるが、左遷されてからは余裕をなくしていたというのだ。前線基地である硫黄島に、二人の私兵を潜入させるだけで相当な負担になる。したがって三人めは、いないと考えてよさそうだ。

足音がした。薄く広がった爆煙の奥から、何者かが近づいてくる。駆け足だが、雨木軍曹のような切実さはない。悠然とした足どりで、急速に接近してくる。一人ではなかった。二人ないし三人が、基地に通じる踏み跡を忠実にたどっていた。

そのうち先頭の一人は、足運びに記憶があった。先ほど立哨していた海兵隊員らしい。次の瞬間、海兵隊員から誰何の声が飛んだ。だが、声からは緊張感が抜け落ちていた。しかも陣内少佐と城原兵長の存在を、事前に察していた節がある。

すぐに闇の奥から、海兵隊員が姿をみせた。モーゼルの銃声を耳にしていたらしく、軍曹の死体をみても驚いた様子はみせなかった。倒れている軍曹を一瞥したあと、平然と生死だけを確認した。その上で陣内少佐の事情説明を、気のない様子で聞いている。

いずれも予想された事態だったらしく、海兵隊員は言葉を返さなかった。ところが海兵隊員に同行していた一人が、かすかに落胆の息をついた。知りたい事があったらしく、早く捕らえて尋問するべきだったと嘆じている。

当人にその気はなかったようだが、結果として全員の耳に届くことになった。ところが言葉を口にした人物は、そのことの意味に気づいていなかった。いくぶん明瞭な声で、その人物はつづけた。

「死人に口なし、というところですか」

気になる言い方だった。陣内少佐による軍曹の射殺を、非難しているかのようにも思える。陣内少佐の眼が、鋭さをました。爆煙を背負った相手の顔は、闇にとけ込んで見分けることが困難だった。それでも下士官らしいことは、見当がついた。

おそらく速成教育で量産された心太《ところてん》だろう。それを知ったことで、陣内少佐は気力が萎えるのを感じた。自分よりも上位の将校なら、迷わず食ってかかるところだった。だが心太の下士官では、喧嘩相手としては不足だった。

意識したわけではないが、ことさら低い声で陣内少佐はいった。

「それは……どういう意味か」

下士官の息を呑む気配が、かすかに感じられた。その直後に、威儀を正して名乗った。

「失礼しました。混成第二旅団、高射噴進砲隊、打田伍長であります」

殴られるのを覚悟したらしく、一歩前に出て背筋をのばした。そのせいで、陣内少佐の苛立ちが倍加した。かといって、手を出すこともできない。困惑していたら、第三の人物が自然な動作で二人の間に割りこんだ。

こちらの方は将校らしく、腰には軍刀が無雑作に落としこんであった。カンテラの淡い光が、将校の上半身を淡く照らしだしている。陣内少佐は妙な気分になった。陣内少佐の前に進みでた長身の将校は、金髪碧眼の外国人だった。

戦闘帽に隠れた髪は、無惨なほど短く刈りこまれている。それでも光沢のある金髪は、見間違えようがない。陣内少佐は確信した。この将校は高射噴進砲隊の隊長――黒尾根大尉に違いない。大尉は自然体で名乗ったあと「私の方から説明します」とつげた。

　陣内少佐はひそかに安堵の息をついた。大尉が助け船をださなかったら、身動きがとれなくなっていたところだ。大尉に感謝したい思いだったが、その説明を聞いた少佐は言葉を失った。予想外の事態に、認識が追いつかなかったのだ。

　雨木軍曹は事故にみせかけて、栗林兵団長を暗殺しようとした。最近の降雨と空襲で地盤がゆるみ、栗林中将が視察に訪れたとき崩落するという筋書だった。無論、思いどおりの時刻に事故が発生するとは限らない。

　そのため事前に爆薬を仕掛けて、中将を待ち伏せする計画をたてた。現在も作業がおこなわれている区画に入ったところで、作業員ごと中将を爆殺することになる。高射噴進砲隊の地下施設を実行現場に選んだのは、警備が手薄だと判断したからだ。

　専任の警備部隊である一個小隊の海兵隊を常駐させているとはいえ、施設内に入りこんでしまえば監視の眼は厳しくない。それに加えて他の部隊との接点が少なく、情報が伝わる可能性は低いと評価されたようだ。

　――あれは……本当だったのか。

　はじめて聞いたときには、荒唐無稽な計画としか思えなかった。とてもではないが、実現する可能性はない。そう考えていたのだが、各務大佐は粛々と計画を進展させていた。米軍が上陸する前に栗林中将を暗殺して、その後の行動を容易にしようとした。

おそらく各務大佐は、狂気にとらわれているのだろう。ただし実現するには、細部の詰めが甘すぎた。現実はそれほど単純ではなかったのだ。だが陣内少佐は、まだ事態を正確には把握できていなかった。性急に少佐はたずねた。

「兵団長は……栗林中将は、ご無事なのか。それとも、先ほどの爆発で——」

いいかけて、少佐は言葉を途切れさせた。何かが妙だった。本来なら爆発は、もっと早い段階で発生するはずだった。栗林中将の死が確認されてからでなければ、各務大佐は行動を起こせないからだ。

おそらく計画の実現段階で、なんらかの齟齬があったのだろう。その上に事実誤認と通信手段の不備が重なって、現実に起きた出来事をわかりづらくしているようだ。ところが黒尾根大尉は、そのような疑問に明快な言葉でこたえた。大尉はいった。

「中将はご無事です。噴進砲隊の隊員や警備を担当していた海兵隊員にも、被害はありませんでした。ただし爆発が原因で、試製六〇センチ噴進砲が発射できなくなりました。崩落した土砂を夜明けまでに片づけないと、噴進砲は発射の機会がないまま処分されることになります」

陣内少佐は安堵の息をついた。噴進砲の処分に関しては残念に思うものの、本音をいえば些事にすぎない。それよりも、各務大佐の行動を確認しておく必要があった。さもなければ、大佐のたくらみを阻止することはできそうにない。

そう考えて、黒尾根大尉に状況の説明を求めた。大尉は簡潔に事実を伝えた。各務大佐の計画は穴だらけで、現実から遊離しているというのだ。その典型が、栗林中将の爆殺計画だった。戦地における暗殺計画を、安易に考えていたとしか思えないという。

爆発物の調達から現場への搬入、そして実際の起爆に至る作業をすべて雨木軍曹一人にまかせたらしい。しかも各務大佐は爆殺の実行どころか、爆発の事実さえ確認せずに行動を開始した。さらに事前の打ち合わせとは異なる情報を流して、混乱に輪をかけた。

実際には高射噴進砲隊の視察時に事故が起きるはずだったのが、爆撃によって兵団司令部が壊滅的な被害を受けたことにしたようだ。大佐としては計画の成功を疑っておらず、事後の捜査で矛盾を追及される可能性はないと踏んでいたらしい。

ところが実際には大佐の杜撰さが、計画全体を破綻させる原因となった。高射噴進砲隊の基地に到着した時点で、栗林中将は各務大佐の動きに気づいていた。各務大佐が意図しているのは兵団司令部の制圧だから、それに先立って栗林中将を排除しようとするはずだ。

推測どおりなら、不用意に動くのは危険だった。兵団司令部の状況は不明だが、いずれ各務大佐は硫黄島全域を支配下におこうとする。海軍部隊との連携には失敗したものの、司令部を制圧された陸軍部隊は相当数が各務大佐の指揮下に入る可能性があった。

それなら高射砲隊の基地に身を隠して、状況の確認を優先するべきだった。基地自体が地下に構築された防御陣地として使えるし、固有の将兵以外に海兵隊一個小隊が常駐している。陸軍部隊が信頼できない状況では、わずか一個小隊でも有力な味方といえた。

その上で栗林中将は、次の手を打った。符丁を使った連絡文を発信して、陣地の配置図などの重要書類を持ちだすよう命じたのだ。いずれも部隊運営には欠かせない重要情報が記載されているから、各務大佐は身動きがとれなくなったと思われる。

窮地に追いこまれたのは、雨木軍曹も同じだった。苦労して調達した爆薬を作業現場に仕掛けておいたのだが、栗林中将を爆殺する機会はなかった。各務大佐の動きに気づいた時点で、中将が視察を中止したからだ。

雨木軍曹としては、存在が宙に浮いた格好になった。正体は発覚していないのだから逃げる必要はないものの、仕掛けた爆薬がいつ発見されるかわからない。栗林中将が作業現場に近づいたら、即座に爆殺するつもりで起爆装置の近くに居座っていた。

だが、それにも限界があった。栗林中将と同行していた雨木軍曹が、中将と距離をおくのは不自然すぎた。対応に困って爆薬に点火し、その混乱に乗じて逃げだしたらしい。乗っ取られた兵団司令部に駆けこんで、各務大佐と合流するつもりだったのだろう。

黒尾根大尉をはじめ三人があとを追ったが、先に遭遇した陣内少佐が射殺した。それが公的な見方だった。だが陣内少佐としては、不可解な印象の残る幕切れといわざるをえない。納得できないまま、黙りこんでいる城原兵長に眼をむけた。

ひと呼吸ほどの間をおいて、城原兵長も少佐を見返した。陣内少佐は首をかしげた。城原兵長は何かを知っている。陣内少佐が気づいていない事実を、把握しているとしか思えなかった。さもなければ、これほど余裕を感じさせるわけがない。

問いつめてみるかと、陣内少佐は思った。兵長は武器を携行していないから、抵抗される心配はない。少しばかり手荒な方法で痛めつけても、死ぬことはないだろう。そう判断して、身を乗りだした。その矢先に、声をかけられた。

「設定隊の陣内少佐と御見受けしますが――」

気勢をそがれて、陣内少佐は動きをとめた。黒尾根大尉だった。そういえば大尉とは、面識がなかった。それだけではなく初対面の挨拶も、かわした記憶がない。かといって、あらためて名乗るのも妙な気がした。短く「そうだが――」とだけ応じた。

城原兵長の動きが、気になったからだ。もしも逃げられたら、厄介なことになる。見張るつもりで、視線をむけた。その動きをさえぎるようにして、黒尾根大尉が言葉をついだ。

「高射噴進砲隊の隊長として、お願いがあります。設定隊の保有する土木重機を、使わせていただけませんか。遅くとも夜明けまでに、すべての作業を終了する予定です」

唐突な申し出に、陣内少佐は返す言葉を失っていた。黒尾根大尉は微笑を浮かべて、少佐の返答を待っている。

5

栗林中将の命令は、簡潔なものだった。

夜明けまでに兵団司令部を奪回し、指揮機能を回復すること。それで終わりだった。ただし実現が困難に思える条件が、いくつか付帯していた。実行に際して銃器の使用は許可するが、双方が死傷者を出すことのないよう配慮しなければならない。

ことに首謀者の各務大佐は、決して死なせてはならないとされた。生け捕りにして、軍法会議にかけるつもりらしい。自決して英雄視されるのを、警戒しているようだ。武士の情けともいえる自死を許さないことが、栗林中将の憤りが大きいことを実感させた。

ただし客観的にみれば、これは栗林中将の過大評価としか思えない。各務大佐に人望がないことは、攻撃準備の段階ですでに感じられた。反撃が近いことを察したらしく、兵団司令部を占拠した将兵の脱走や投降があいついだ。

この状況をみた陣内少佐は、各務大佐に同調する将兵の切りくずしを開始した。回線が途切れていた野戦電話が修復され、栗林中将自身が降伏勧告を伝えたのだ。各務大佐との直接的な対話は巧妙に回避され、支配下にある将兵の離反を誘うことになる。

司令部壕に通じる連絡路は例外なく封鎖されていたが、拠点に配置された海兵隊員はくり返し投降を呼びかけた。たとえ叛徒に与した事実があっても、武装解除に応じれば罪は許される。

そのような投降勧告を、拡声器や肉声でくり返し読みあげた。最初のうちは反応がなく、無視される一方だった。それでも時間がすぎるにつれて、応じるものがあらわれた。攻撃隊の指揮をまかされた陣内少佐は、兵に命じて記録をとらせていた。

司令部壕に立てこもっている叛徒の戦力を、正確に知るためだ。あいつぐ投降のせいで、地下壕はかなり混乱している。記録と現在の人員を照合しなければ、各務大佐が掌握している兵力を知ることは難しい。

結果は予想と大きな違いはなかった。各務大佐の他に、十数人が立てこもっているらしい。この人数を、死傷させることなく無力化しなければならない。現実的に考えて、強い信念をもって籠城しているのは、数人程度だろうと見当をつけた。

あとの一〇人前後は単に投降の時機を失したか、勧告が伝わらずに籠城しているだけではないか。それなら次にやるべきことは、自然に決まってくる。成りゆきで籠城に加わった一〇人を、司令部壕から追いだすのだ。

このときまでに司令部壕の出入り口は、ひとつ残らず封鎖されていた。地上に抜けだす通廊はもとより、隣接する壕との連絡路や規模の大きな通気口までが監視の対象となった。封鎖を実行したのは、高射噴進砲隊の警備を担当していた海兵隊だった。

わずか一個小隊とはいえ、海兵隊の価値は大きかった。壕の出入り口に少数の部隊を配置するだけで、鉄壁の封鎖態勢が完成したのだ。連絡通路は幅が狭く、一度に通過できるのは一人だけだった。

その上に壕の出入り口には、たいてい遮風壁が構築されている。砲爆撃の爆風が壕内を直撃するのを避けるためだが、これを楯にして隙間をふさげば壕内の叛徒は逃げ場を失う。容易には脱出できないとはいえ、逆に籠城している者たちを追いつめるかもしれない。

死にものぐるいで突破を試みた結果、双方に大きな犠牲を出したのでは意味がなかった。それよりは、物理的に封鎖する方が効率的だった。土木重機を投入して、一時的に出入り口を埋めてしまうのだ。

壕内の叛徒は、恐慌状態に陥るはずだ。複数の重機がエンジン音を響かせて、司令部壕を破壊しようとしている。自分たちを生き埋めにする気だ——そう考えて、脱出を試みるのではないか。

無論、脱出路は用意されている。一個所だけ埋めずに残しておいて、武装解除を実施することになる。強固な意志を持たない逃げ遅れ組は、この時点で脱落するはずだ。あとは各務大佐と数人の側近を、追いつめるだけだ。

壕内の掃討には、海兵隊を投入する予定だった。出入り口を封鎖している海兵隊員を、そっくり捜索に流用するのだ。壕内には分岐も多く、通路にそって小部屋がいくつも構築されていた。隅々まで捜索するには、少なくとも一個小隊の海兵隊が必要だった。

ただし兵力に余裕がなく、予想外の事態に対処できない可能性があった。かといって、他の部隊を投入する時間はなかった。陸軍部隊指揮官の中には、各務大佐を支持する者がいるかもしれない。

その上に事態は流動的で、収束までに何が起きるのか予測するのは困難だった。各務大佐が次の手を打ってくる可能性もある。予定の時刻までに、兵団司令部の叛徒を制圧しなければならない。

時間がすぎた。陣内少佐は耳をすませた。闇の奥から、かすかなエンジン音が伝わってくる。すぐに履帯の回転する金属音が加わって、減光した前照灯の光条が確認できるまでになった。軽戦車を改造したブルドーザだった。

現地調達した部品を組みあわせた間にあわせの重機だが、使い勝手がよく重宝していた。設定隊で運用していたのを、司令部壕を封鎖するために呼び寄せたのだ。本来の保有部隊である戦車第二六連隊がこのことを知れば、無断流用だとして激怒するかもしれない。

だがブリキ板なみの軽装甲戦車では、米軍との戦闘では戦果など期待できなかった。それくらいなら改造重機として利用した方が、まだしも役に立つ。司令部壕の封鎖が終わったら、次は高射噴進砲隊の基地に移動することになっていた。

いずれも夜のうちに終了しなければならないから、司令部壕の掘りおこしは人力で実施することになる。難儀な話だが、試製六〇センチ噴進砲の発射時機は明日までとされていた。それをすぎると燃料不足などの悪条件が重なって、打ち上げが不可能になるらしい。

気象状況や過去の例から推定すると、夜明けの直後に高空からの戦果偵察が実施される可能性が高かった。そして飛来した偵察機仕様のＢ２９の迎撃が終わり次第、一部技術兵の内地引きあげが可能になる。

早ければ翌日の早朝には、移動のための輸送機が飛来すると聞いている。かなり切羽つまった状況だから、司令部壕の機能回復を遅らせることはできない。少しでも早く叛徒を駆逐して、機能を取りもどす必要があった。

さもなければ防衛態勢の不備を抱えたまま、敵の上陸を許すことになりかねなかった。まるで綱渡りのようなきわどい計画だが、陣内少佐は成功を確信していた。将兵はもとより、雇用された土工の士気も高かった。よほどのことがないかぎり、計画は成功する。

戦車改造のブルドーザは、陣内少佐の間近で停止した。操縦していたのは、設定隊に雇用された土工だった。重機の専門家でも元戦車兵でもないが、ブルドーザの機構は熟知している。現地製作された重機とは思えないほど、自在に作業をつづけていた。

停止した車体から、手元（助手）役の土工が飛び降りた。慣れた様子で、陣内少佐と打ちあわせをはじめた。陣内少佐の指示は、簡易なものだった。復旧時のことは考えなくてもいいから、存分に土砂を盛りあげて通路を埋めるように伝えておいた。

「そんなところで、何をしている。早く来ないと、置いていくぞ」

闇の奥にひそむ人かげに声をかけて、陣内少佐は壕内に入った。少佐につづいて、待機していた二人の海兵隊員が入ってきた。城原兵長は躊躇する様子をみせたが、すぐに海兵隊員のあとを追った。少佐のかたわらで立ちどまったが、視線をあわせようとしなかった。

陣内少佐もあえて声をかけようとしなかった。ブルドーザに合図を送ると同時に、作業が開始された。最初の一押しで、もう外部からの光がさえぎられた。入り口から押しこまれた土砂が、

軽戦車改造ブルドーザ

土煙になって壕の奥に流れこんでいく。

よどんでいた壕内の空気が、ふたたびかき回されて視通が途切れた。手にしたカンテラの光さえも、視認することができない。壕内の空気は汚れきっていた。その上にブルドーザの作業音が、絶え間なく伝わってくる。閉塞感と圧迫感で、精神が破壊されそうだった。

それでも彼らは、事前の打ちあわせ通りに行動した。二人の海兵隊員は通路の奥に進出し、最初の分岐点で人の動きを見張ることになる。だが壕内に人の気配はなく、ブルドーザの作業音だけが通路の壁に反響している。

だがそれも、すぐに遠くなった。ブルドーザは二番めの開口部に移動したようだ。音源の移動にともなって、重機の作業音が異質な音に変化していった。予定の作業を片づけるまでには、もう少し時間がかかりそうだった。それを見越して、陣内少佐は声をかけた。

「どうした。怖いのか」

意外なことに、城原兵長はふるえていた。闇を恐れているのではなさそうだ。かといって、陣内少佐が原因とも思えない。おそらく各務大佐の存在が、恐怖を感じさせているのだろう。だが兵長の心情を、読みとろうとは思わなかった。単刀直入に、少佐はたずねた。

「雨木軍曹に、何を話した」

高射噴進砲隊の基地に近づいたとき、陣内少佐は海兵隊員に制止された。ところが城原兵長は、先回りをして基地に入りこんでいた。雨木軍曹を探しだして、各務大佐からの離反をうながすためだ。

陣内少佐が持ちだした重要書類は、軍曹を介して栗林中将に手渡される。ところが雨木軍曹は書類を中将には渡さず、各務大佐に届けようとするはずだ。かりに陣内少佐が直接的な手渡しを主張しても、結果にかわりはない。

雨木軍曹は機をみて書類を奪いとり、栗林中将を爆殺することになる。中将の死は事前に決められていたことだから、書類の奪取が加わっても大きな違いはない。そう考えて、雨木軍曹は今後の行動を決めた。

ところがそこに、城原兵長があらわれた。その結果、雨木軍曹は栗林中将の爆殺を中止した。そして作業場が無人なのを確認して、仕掛けた爆薬を起爆処理した。その直後に基地を抜けだしたが、陣内少佐に遭遇して射殺された。

雨木軍曹に戦意は感じられなかった。軍曹もやはり、各務大佐を恐れていたのかもしれない。

あの状態では、中将の謀殺などとても無理だろう。城原兵長が陣内少佐の武装解除にこだわったのは、時間かせぎだったと考えられる。

そこまでは、理解できた。ところが、肝心なところがわからない。城原兵長は雨木軍曹に、何を話したのか。その点が知りたかったのだが、城原兵長の応答は単純かつ明快なものだった。

「それほど複雑なことではありません。以前から漠然と感じていたことを、言葉にして話しただけです。各務大佐を信頼するのは危険だと、自分たちを使い捨てにする気だと伝えました」

口封じのために殺される可能性が非常に高いと、城原兵長は考えていた。もしも兵団長の謀殺が発覚すれば、硫黄島の防衛に成功しても参謀本部への復帰は不可能になる。各務大佐にも、その程度の常識はあったようだ。

陣内少佐はモーゼルを引き抜いた。各務大佐を発見したら、迷うことなく射殺するつもりだった。生きたまま捕らえようとすれば、手ひどい反撃を受けるのは眼にみえている。

終章　布石

丹念な捜索と投降勧告をくり返した結果、壕内にひそむ叛徒の数はさらに減った。

現在も籠城をつづけているのは、各務大佐をふくめて五人前後と推定された。その五人が叛徒の中核的存在だとは思えない。捜索が進展するにつれて、いくつか死体が発見された。いずれも至近距離から銃撃されて、即死に近い状態で絶命したことをうかがわせた。

叛徒の集団に何が起きたのか、容易に想像できた。すでに彼らは、戦闘集団としての機能を失っていた。捜索が進展するたびに包囲網が狭められて、あらたな脱落者が出た。各務大佐や側近の眼を盗んで、逃亡するものが続出したと考えられる。

逃亡が発覚して捕らえられた者は、即座に「処刑」されたようだ。

発見された死体からは、その際の凄惨な状況がうかがえた。弁明や申し開きの機会は与えられず、各務大佐の行動を批判することも許されなかったのだろう。

したがって籠城をつづける五人が、強固な意志で戦闘を継続しているとは思えない。各務大佐と少数の配下を別にすれば、ほとんどは逃亡の機会がないまま立てこもっているのではないか。

陣内少佐は時刻をたしかめた。すでに夜半をすぎていた。叛徒に動きはなかった。捜索がつづいていたときには散発的な銃声が聞こえていたが、いまはそれも途切れている。静かだった。まるで眠りこんでいるかのように、膠着状態がつづいている。

足音に気づいて、陣内少佐はふり返った。城原兵長だった。いくらか遅れて、海兵隊長が姿をみせた。兵長は感情のこもらない声でつげた。

「やはり『会議室』と周辺の区画を占拠して、防御態勢をとっているようです。立てこもっているのは五人ですが、各務大佐と腹心の中尉以外は戦力的に無視してもかまいません。逃亡の意思があると

判断されたら、即座に射殺されるから大人しくしているだけです」

各務大佐と行動をともにしていた叛徒の一人が、重傷を負った状態で発見されていた。隙をみて逃亡したものの、背後から撃たれて動けなくなったらしい。からくも一命をとりとめて、野戦病院に収容されている。

城原兵長はその人物と面会した上で、現在の状況を確認してきた。結果は予想と大きな違いがなかった。会議室には飲料水や食糧が備蓄されていたから、長期にわたる籠城も可能であるはずだ。

その一方で、各務大佐の指導力は低下していた。わずか数人の隊をまとめきれず、戦力を温存する持久戦闘以外に選択の余地がなかった。これに対し攻撃側の陣内少佐には、長期戦を避けざるをえない事情があった。

夜明けまでに叛徒を一掃して、司令部機能を回復するよう厳命されていた。時間をかければ、相手に立ちなおる余裕を与えかねなかった。かといって拙速を承知で突っこんでも、被害が大きくなる可能性が高い。

現場周辺は幅の狭い通路が錯綜しているから、力押しに攻めることもできなかった。八方ふさがりだった。あと一息というところまで追いつめながら、最後の決め手を欠いていた。海兵隊長が陰鬱《いんうつ》な声でいった。

「燻り出すことは、できませんか？　噴出した火山性ガスの流路をかえて、会議室のある区画に誘導するのです。ひとつ間違えると全員に障害が残りますが、背に腹はかえられません。防毒面を装着していれば、我が方の被害は最小限におさえることができます」

　わずかな時間、陣内少佐はそのことを考えた。悪くない計画に思えた。高濃度の火山性ガスを長時間にわたって吸入すると、呼吸困難などの症状を引き起こす。ただし化学兵器などと違って、毒性はそれほど高くないらしい。

　ところがそう考えた直後に、城原兵長が異議をとなえた。開口部の大部分が封鎖されている現状では、ガスの誘導は困難だといっている。硫黄島の各地に構築された地下陣地は、外気をたくみに取りこんで壕内の換気をおこなう設計になっていた。

現在は外気の流路が断ち切られているから、硫黄ガスの誘導など不可能だといっている。城原兵長は、さらに言葉をついだ。

「それに……硫黄化合物のガスは空気よりも重いから、低い場所に流れこみます。司令部壕の会議室は周囲より高い位置にあるので、ガスを誘導しても滞留はしないでしょう」

「そういえば会議室の上層階には、特設監視哨が増設されていました。かりに硫黄ガスが流れこんだとしても、上層階に退避して流出を待てばいい――」

海兵隊長がつけ加えた。さりげなく口にするものだから、あやうく聞き逃すところだった。だが、そのことの意味は重大だった。そんな監視哨が本当に存在するのであれば、状況は一変する。しかし陣地の配置図には、そんな構造物は記載されていなかった。

「その監視哨には、開口部があるのか？　通気口の類は――」

性急に陣内少佐は問いただした。海兵隊長は戸惑っていたが、すぐに事態を認識したようだ。記憶をたどる様子をみせたあと、いくぶん早口になって説明した。

「開口部はあります。ただし監視哨内に入ったことはないので、内部からは確認していません。屋外から開口部らしきものを視認しただけです」

隊長によれば監視哨は、周辺の地形を巧妙に取りこんで構築されているらしい。開口部といっても簡易な構造で、積み重なった大岩の隙間から外を監視する形式になっている。したがって人が通過することはできず、司令部壕の封鎖に際しても見逃されていた。

「ただちに封鎖しろ。抵抗するようなら、手榴弾を放りこんでもかまわん」

陣内少佐が命じた。いってから、手榴弾では無理かもしれないと考え直した。狭小な隙間をねらって投擲するのであれば、むしろ火炎瓶の方が効率的だった。仮にねらいが外れても、流れだしたガソリンが各務大佐らを焼き殺す。

迷っていたのは、わずかな時間だった。火炎瓶の使用を、命じる気はなかった。手段を選ばず殺戮したのでは、鬼畜の仕業とかわるところはない。最低限の節度を守らなければ、施餓鬼さえも受けら

れなくなる。

「準備をしておけ。海兵隊による封鎖を待たずに、我々だけで突っこむ」

かたわらの城原兵長に声をかけて、モーゼルを引き抜いた。攻撃は最小限の人数で実行するべきだった。兵長は短く応答しただけで、言葉を返さなかった。それでも強固な意志は、感じとれた。陣内少佐は確信した。これなら、やれるのではないか。

銃声は唐突に響いた。会議室のある区画だった。断続的に三発。そのあといくらか間をおいて、さらに一発。

四人が殺されたと、陣内少佐は思った。発砲したのは各務大佐か、真田《さなだ》という名の中尉だろう。どちらが撃ったのか不明だが、それによって状況は大きく変化する。ただし少佐のやるべきことは、ひとつしかない。生き残った一人を、捕らえるのだ。

そう考えた時には、陣内少佐は駆けだしていた。圧迫感のある狭い通路を、全速力で駆け抜けていく。後方から追随する城原兵長の気配が、濃厚に感じられた。海兵隊の本隊は、後方で支援の態勢を

とっていた。その中から、隊長の気配が抜けだした。

すでに命令を伝え終わったのか、先行する陣内少佐らに急接近してくる。ところが陣内少佐は、戸惑いを感じて速度を落とした。ありえない事態が、起こりつつあった。二人ないし三人の集団が、会議室内にひそんでいる。

積みあげられた木箱を楯に、陣内少佐は銃撃の体勢をとった。後方から近づいてくる二人を呼んで、攻撃の中止を伝えた。隊長と城原兵長は戸惑っていたが、無視して全神経を前方に集中した。

次の瞬間、会議室から人かげがあらわれた。予想どおり三人いたが、負傷している者はいなかった。そして全員が、非武装だった。銃器を取りあげられたらしく、空の拳銃嚢だけが腰に残っている。

それをみたことで、状況が明らかになった。各務大佐は司令部壕からの脱出に先立って、足手まといになる三人を殺害しようとした。ところが真田中尉は、この方針に反対だった。各務大佐は中尉に銃撃を命じたあと、監視哨に登っていった。

その隙に、真田中尉は発砲した。命中させる気など、最初からな

かった。真田中尉としては、各務大佐と袂をわかつ覚悟ができていたのだろう。それ以上に、味方を銃撃する気にはなれなかった。結局、壁に三個所の銃痕を残しただけで真田中尉は銃撃を終了した。三人は投降させるつもりだったが、各務大佐はそれに気づいていた。真田中尉を射殺した上で、自決ないし逃亡を試みたのではないか。

陣内少佐の推測は正しかった。真田中尉の死体は、会議室の隅に放置されていた。無念そうな表情を浮かべているのは、銃撃と死の間に時間があったからだろう。それに気づいた少佐は、城原兵長にいい放った。

「俺が先にやる。俺が大佐に殺されないかぎり、決して手出しはするな」

各務大佐を殺せるのは、自分だけだと思った。城原兵長には、荷が重すぎる。無理をさせれば、返り討ちにあうのではないか。そう考えての決断だった。だが陣内少佐の言葉は、むなしく響いた。

特設監視哨に入った陣内少佐は、開口部周辺の土砂が掘削されて

いることに気づいた。すでに各務大佐は、司令部壕から脱出していたのだ。

際どいところだった。

司令部壕の封鎖工事を終えた改造重機が、試製六〇センチ噴進砲の発射施設を修復した直後に警報が鳴ったのだ。Ｂ２９の編隊による爆撃の戦果を確認するために、偵察機が飛来したらしい。

直前まで修復作業に没頭していた高射噴進砲隊の将兵は驚喜した。わずかな可能性はあるものの、実質的に高射噴進砲を発射する機会はなさそうだ。そう考えて、諦めていたのだ。ところが最終日の朝になって、獲物が飛びこんできた。

しかも飛来したのは、偵察型のＢ２９らしかった。高度一万メートル付近を、硫黄島にむけて直進してくる。一航過で偵察を完了させるつもりらしく、針路にゆらぎはなかった。迎撃側にとっては、理想的な位置関係にあったといえる。

理想的すぎて罠ではないかと疑うほどだが、事情はすぐにわかっ

た。日本軍機による迎撃を、恐れているらしい。時間がすぎるにつれて、Ｂ２９の下方に占位する護衛機の存在が確認できた。高度六千メートルという中途半端な高度を、二機編隊で飛行している。

たぶんグアムあたりから飛来した陸軍機だろう。日本軍機がどの高度から襲撃してくるか読めないものだから、中途半端な位置に占位することになった。だが米軍の防御態勢は、試製六〇センチ噴進砲の前には無力だった。

四機の飛翔体は、五秒間隔で発射された。四本の噴煙が微妙に絡まりながら、ぐんぐん高度をあげていく。二番機は上昇の途上で失探した。絡みあった四本の噴煙から、一本が抜けだしてあらぬ方角に飛翔していった。そして失速したあと、自爆した。

三番機は誘導装置に異常はなかったものの、起爆高度がずれていた。その結果、高度八千メートルをこえたあたりで爆散した。黒い花のように開いた爆煙のただ中に、四番機が垂直に突っこんだ。破壊されるかと思ったが、なんとかすり抜けたようだ。

そして隊員たちが見守る中で、一番機が起爆した。開いた爆煙の

端を、急旋回したB29がかすめた。機体に衝撃が走り、胴体ちかくの主翼から黒煙が噴きだした。そこに、四番機が突っかけた。一番機によって引き裂かれた機体に、四番機の破片が食いこんだ。

見守っていた隊員たちの間から、歓声が上がった。B29は急速に高度を落としつつある。体勢をたてなおすことは、もう不可能だった。墜落は避けられないと判断したのか、搭載されていた機銃弾が次々に発射された。

苦闘の末の勝利だった。ここに至るまでの苦労は、すべて報われた。だが、手放しで喜んでいる余裕はなかった。早急に部隊を撤収して内地に移駐し、本土防空戦に参入しなければならない。

試製六〇センチ噴進砲——あるいは奮龍4型の運用に関して、高射噴進砲隊は日本で唯一の実戦を経験した部隊だった。貴重な戦訓を生かすためにも、迅速な行動が求められる。その第一陣として、打田伍長らは飛行場に移動した。

今朝はやく海軍の輸送機が飛来していた。新任の将校団が到着したらしい。何かの行き違いがあって、足留めされていたようだ。そ

の輸送機の帰路便を、高射噴進砲隊が利用できることになった。B29の撃墜から輸送機の離陸まで、一時間とかかっていなかった。

便乗者の存在に気づいたのは、離陸の直前だった。野戦用の参謀飾緒をつった陸軍大佐だった。顔はわからない。火傷でもしたのか、眼だけを残して包帯が巻かれている。その姿をみたとき、何か途方もなく嫌な気分になった。

理由はわからない。もしかすると戦闘員にとって、もっとも忌むべき行為――卑怯を体現した人物なのかもしれない。

あとがき

一年と四カ月ぶりの新刊である。

もう何年も前から「終わりがみえてきた」などといっているが、みてのとおりのローペースなので容易には終わりそうにない。それ以上に終わらない理由があるのだが、お気づきだろうか。登場人物はもとより、兵器ひとつ機械部品一個に至るまで、物語の収束を拒否しているのだ。もともと谷の小説には、暴れキャラが多い。作者の意図に反して好き勝手に行動するものだから、予定調和的なストーリーが成立しないといえる。かといって、力で押さえつけようとしても無駄だ。かける圧力に比例して、反発も大きくなる。作者が用意した名誉の戦死や、特攻などの花道さえも拒否してくれる。

そのような予感があったから、今回は事前に退場枠を作っておいた。悪役であり憎まれ役でもある各務大佐を、本書一冊を使って退場させるのだ。噂話の話題にはなることが多いのに、登場するシーン自体は少ない。そのくせ存在感が強烈で、放置しておくと勝手に出世して権限が大きくなる。いまのうちに殺処分しておかないと、終盤のストーリー展開にからんで収拾がつかなくなる。破綻することがないように充分な注意を払ったにもかかわらず、結果はこういうことになった。ストーリーは収束するどころか拡散する一方で、後始末に追われている。

中堅キャラの各務大佐でさえこの有様だから、存在感のさらに大きな蓮美大佐は一体どうなるのか。刮目して待つしかないが、責任は持てない。大佐のことだ。なるようにしかならんだろう。諦観。

二〇一五年十一月　小松市で

谷　甲州

ご感想・ご意見をお寄せください。

イラストの投稿も受け付けております。

なお、投稿作品をお送りいただく際には、編集部
(下記編集部電話番号またはe-mail:cnovels@chuko.co.jp)

まで、必ず事前にご連絡ください。

C★NOVELS

覇者《はしゃ》の戦塵《せんじん》1944
本土防空戦《ほんどぼうくうせん》
——前哨《ぜんしょう》

2016年1月25日　初版発行

著　者　谷《たに》　甲《こう》　州《しゅう》

発行者　大橋　善光

発行所　中央公論新社
〒100-8152　東京都千代田区大手町1-7-1
電話　販売 03-5299-1730　編集 03-5299-1930
URL http://www.chuko.co.jp/

DTP　ハンズ・ミケ

印　刷　三晃印刷（本文）
大熊整美堂（カバー・表紙）

製　本　小泉製本

Published by CHUOKORON-SHINSHA, INC.
Printed in Japan　ISBN978-4-12-501350-3 C0293

覇者の戦塵1944
サイパン邀撃戦　上

谷甲州

マリアナ諸島の防衛拠点であるサイパン島は、連日の砲撃に晒され、米海軍に包囲されつつあった。翔竜を搭載した重雷装艦「大井」で夜襲をかけ、反撃に出ようとする日本軍だが……⁉

ISBN978-4-12-501187-5 C0293　900円
カバーイラスト　佐藤道明

覇者の戦塵1944
サイパン邀撃戦　中

谷甲州

帝国軍第一艦隊は最新型禰式翔竜で米高速戦艦部隊を撃破した。一方、米太平洋前進基地メジュロ環礁を索敵中の翔竜搭載型伊五四潜が、鈍足の大船団を発見。単艦追尾にかかるが……⁉

ISBN978-4-12-501237-7 C0293　900円
カバーイラスト　佐藤道明

覇者の戦塵1944
サイパン邀撃戦　下

谷甲州

伊五四潜は対潜護衛空母を撃沈し、マリアナへの米補給路を遮断した。だが制空権は今なお米軍の手に。窮地を脱すべく日本軍は、翔竜によるテニアン米基地への空襲を決定する……！

ISBN978-4-12-501312-1 C0293　900円
カバーイラスト　佐藤道明

日中開戦 1
ダブル・ハイジャック

大石英司

領土問題、首相の靖国参拝などで、日中関係は国交正常化以来最悪といわれる中、元自衛官を中心にしたグループによる中国総領事館占拠、中国機のハイジャックが発生。日中が辿る未来とは⁉

ISBN978-4-12-501299-5 C0293　900円
カバーイラスト　安田忠幸

表示価格には税を含みません

日中開戦 2
五島列島占領

大石英司

春暁航空８８８便、長崎中国総領事館を占拠した犯人グループは同時刻に自爆。中国高官の子供たちが多数犠牲となり、メディアはしきりに開戦を叫ぶ。そしてとうとう、中国軍が日本に上陸⁉

ISBN978-4-12-501308-4 C0293　900円　カバーイラスト　安田忠幸

日中開戦 3
長崎上陸

大石英司

激昂した中国軍は九州の自衛隊基地を爆撃。長崎福江島のレーダー・サイトが破壊され、第一戦は中国軍の完全勝利となる。だが「サイレント・コア」部隊が漸く九州に集結。反撃に転じて――。

ISBN978-4-12-501320-6 C0293　900円　カバーイラスト　安田忠幸

日中開戦 4
南九州蜂起戦

大石英司

中国軍の攻撃で関門橋が落とされた。孤立する九州は、長崎に次ぎ福岡も降伏宣言を出す事態に。佐世保へ戦力を集中する日本に対し、中国は第二戦線を構築すべく、熊本、鹿児島に兵を進め？

ISBN978-4-12-501330-5 C0293　900円　カバーイラスト　安田忠幸

日中開戦 5
肥後の反撃

大石英司

南九州に攻め込む中国軍に対し、郷土防衛のため立ち上がった鹿児島県民は、知事の奇策と元自衛隊員を中心とする〈義勇兵部隊〉の突撃で大きな戦果をあげた。しかし、すぐに万の兵力が現れ⁉

ISBN978-4-12-501334-3 C0293　900円　カバーイラスト　安田忠幸

日中開戦 6
核の脅し

大石英司

地元の《義勇兵》の活躍で、九州に上陸した中国兵は追いつめられ孤立する。しかし、ここで北京指導部の切ってきたカード「核兵器の使用」が、日本政府の判断を難しくして――！

ISBN978-4-12-501342-8 C0293　900円

カバーイラスト　安田忠幸

日中開戦 7
不沈砲台

大石英司

八代を巡る日中の攻防は、日本に軍配が上がる。一方、佐世保では米軍の“グリーン・ベイ”が突如出航した。この米軍の動きは、戦いにどう影響を与えるのか⁉

ISBN978-4-12-501348-0 C0293　900円

カバーイラスト　安田忠幸

日中開戦 8
佐世保要塞

大石英司

“解放軍の英傑”汪文思大尉の活躍で士気が最高潮になる中国軍に対し、自衛隊は“ガールズ・ワン”を擁する戦車部隊が敵を待ち受ける。佐世保での最終決戦の行方は――⁉

ISBN978-4-12-501352-7 C0293　900円

カバーイラスト　安田忠幸

サイレント・コア　ガイドブック

大石英司著　安田忠幸画

大石英司C★NOVELS100冊突破記念として、《サイレント・コア》シリーズを徹底解析する1冊が登場。キャラクターや装備、武器紹介や、書き下ろしイラスト&小説も満載です！

ISBN978-4-12-501319-0 C0293　1000円

カバーイラスト　安田忠幸

表示価格には税を含みません

八八艦隊海戦譜
死闘篇1

横山信義

戦局が悪化した日本海軍は、米豪分断作戦を中止する。だが、米軍の猛攻の前についにブーゲンビルが陥落、トラック環礁が空襲域に。後のない連合艦隊は、竣工間もない「大和」投入を英断する！

ISBN978-4-12-501284-1 C0293 900円

カバーイラスト 高荷義之

八八艦隊海戦譜
死闘篇2

横山信義

米軍の本格的な中部太平洋侵略を前に、連合艦隊はマーシャルから撤収、トラックへの戦略的撤退を英断。大挙して押し寄せる米艦隊に、「大和」「武蔵」を含む四六センチ砲四隻で邀撃に打って出るが——。

ISBN978-4-12-501302-2 C0293 950円

カバーイラスト 高荷義之

八八艦隊海戦譜
終戦篇

横山信義

トラックから撤退し進退窮まる日本軍は、「大和」「武蔵」に加え近代化改装を終えた「劔」「燕」を含む劔型四隻で一撃講和に最後の望みをつなぐ。著者作家生活20周年記念の戦記巨篇ここに完結！

ISBN978-4-12-501309-1 C0293 900円

カバーイラスト 高荷義之

南海蒼空戦記 1
極東封鎖海域

横山信義

戦艦「大和」が地震で廃艦。日本はドイツより流入した技術者を中心に、航空主兵へ舵を切る。『八八艦隊海戦譜』の著者による新シリーズ。

ISBN978-4-12-501323-7 C0293 900円

カバーイラスト 高荷義之

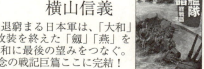

南海蒼空戦記 2
ルソン攻囲戦

横山信義

米軍の奇襲により開戦した日米両国。日本軍は逆境の中、ドイツの技術を結集させた戦闘機を用いてフィリピンの補給線寸断作戦に勝負を賭ける！

ISBN978-4-12-501331-2 C0293　900円

カバーイラスト　高荷義之

南海蒼空戦記 3
マリアナ奪回指令

横山信義

ルソン島海戦では日本軍が勝利するも、一層激化するマリアナ・硫黄島間の攻防戦。そんな中、B29の実戦配備が進行中との報が。連合艦隊はそれまでにマリアナを制圧することができるか？

ISBN978-4-12-501343-5 C0293　900円

カバーイラスト　高荷義之

南海蒼空戦記 4
太平洋艦隊強襲

横山信義

連合艦隊は米軍の硫黄島来襲阻止に向けて戦力を結集、硫黄島上空で熾烈な航空戦を繰り広げる。だが、米軍の意図は別にあった⁉　暗夜に轟く水上砲戦の軍配は果たして――。

ISBN978-4-12-501349-7 C0293　900円

カバーイラスト　高荷義之

南海蒼空戦記 5
機動部隊激突

横山信義

マリアナに突入する第一機動艦隊！　現実化したＢ２９の脅威を前に、日本軍は機動部隊戦に命運を賭けるが――。シリーズもいよいよ佳境。日本にドイツの技術が導入された、もう一つの日米決戦の世界。

ISBN978-4-12-501355-8 C0293　900円

カバーイラスト　高荷義之

表示価格には税を含みません